L'OISEAU-TEMPÊTE

SUSANNA JONES

L'OISEAU-TEMPÊTE

Traduit de l'anglais
par Johan-Frédérik Hel Guedj

ROBERT LAFFONT

Titre original :
THE EARTHQUAKE BIRD

ISBN : 2-266-13356-X

1.

Tôt ce matin, plusieurs heures avant mon arrestation, un tremblement de terre m'a réveillée. Je ne mentionne pas cet incident pour suggérer un lien quelconque — comme si, après leur collision, les lignes de fracture de mon existence s'étaient incarnées dans ce tandem de policiers —, car à Tokyo nous subissons un séisme de ce type à peu près une fois par mois, quelquefois davantage, et celui de ce matin ne présentait aucune particularité. Je me contente de relater la séquence des événements telle qu'elle s'est déroulée. Cette journée-là a bel et bien été inhabituelle et cela me fâcherait d'en omettre le moindre détail.

J'étais sous les couvertures de mon futon, plongée dans un profond sommeil. J'ai été réveillée par le tintement de mes cintres contre les parois de la penderie. Dans la cuisine, les assiettes s'entrechoquaient et le sol grinçait. Le tangage m'a donné la nausée, et malgré tout je n'avais pas encore saisi pourquoi j'étais secouée comme ça. Ce n'est que lorsque ce bruit familier venu du dehors m'est arrivé aux oreilles que j'ai compris : une voix grêle, éraillée, apportée de très loin par le vent. Je me suis redressée dans le noir, toute tremblante.

Depuis la mort de Lily et la disparition de Teiji, beaucoup de choses suffisaient à me rendre très nerveuse. J'ai tiré la porte de la penderie et rampé sous les cintres bringuebalants. J'ai enfilé mon casque de vélo, attrapé la lampe-torche que je gardais scotchée au mur et je me suis tapie dans un coin. J'ai braqué le faisceau de la lampe autour de moi pour m'assurer que mon sifflet et ma bouteille d'eau, prévus en cas de séisme, étaient bien à ma portée. Oui, ils étaient là. Un cafard m'a couru sur la jambe et s'est immobilisé au ras du sol, à côté de moi.

— Va-t'en, ai-je chuchoté. Sors. Tu m'entends ? Je ne veux pas de toi ici.

Les antennes noires du cafard se sont imperceptiblement orientées dans ma direction. Puis il s'est éloigné, petit point noir et luisant, avant de disparaître par une fissure invisible dans le mur.

Quelques instants après, je me suis rendu compte que le placard avait retrouvé son immobilité. Le tremblement de terre avait cessé. La nuit était silencieuse.

J'ai regagné la chaleur de mon futon en rampant, mais sans pouvoir trouver le sommeil. Je savais à présent que je n'étais pas seule dans l'appartement. J'ai calé mon oreiller sous ma joue et je me suis blottie sur le côté. Je dispose de tout un tas de petits trucs pour affronter mes problèmes de fantômes et d'insomnie. L'un d'eux consiste à tester mon japonais. J'ai pris le mot pour tremblement de terre, *jishin*, et j'ai essayé de penser à d'autres termes qui se prononcent de la même manière, mais s'écrivent avec des caractères différents. En associant *ji*, qui veut dire « moi », et *shin*, qui signifie « se fier à », cela donne « la confiance ». Avec d'autres caractères manuscrits, un tremblement de terre peut devenir la petite aiguille de la montre, ou bien encore une aiguille de boussole, ou tout simplement quelqu'un, moi par exemple. Parvenue à ce stade, je suis restée à court d'idées. Il doit exister d'autres mots mais ils ne me venaient pas à l'esprit. En temps normal, j'aurais été capable d'en dénombrer sept ou huit avant de me rendormir ; ce matin-là mon petit jeu n'a pas fonctionné.

J'ai tenté une autre stratégie. J'ai imaginé Teiji allongé contre mon dos, m'enlaçant de ses bras graciles, me berçant pour m'endormir, comme à son habitude aux temps bénis où nous dormions ensemble en chien de fusil. À cette époque, l'un et l'autre, nous aimions les tremblements de terre autant que les orages et les typhons. Ce souvenir m'a réconfortée, et j'ai dû me rendormir à peu près une demi-heure. Quand je me suis réveillée de nouveau, il faisait jour. J'ai replié mon futon et je l'ai calé du pied contre le placard. J'ai attrapé un paquet de nouilles instantanées pour mon déjeuner, et j'ai avalé en vitesse une tasse de thé. À sept heures, je suis partie travailler sans me sentir du tout fatiguée, pas davantage que ces dernières semaines. Je m'attendais à une journée de bureau normale.

La police est venue me chercher dans l'après-midi. J'étais à mon poste, en train de réfléchir sur la traduction de la notice d'un nouveau modèle de pompe de bicyclette, tellement concentrée que je n'ai pas remarqué l'arrivée de mes visiteurs. Ce travail n'était pas particulièrement compliqué — mon métier consiste à traduire des documents techniques fastidieux et je m'en sors très bien —, mais il me distrayait de certains événements aussi récents que désastreux. Je me suis aperçue que mes collègues s'étaient interrompus dans leur tâche et qu'ils regardaient en direction de la porte. J'ai levé la tête. Deux policiers se tenaient à l'entrée. Je n'ai pas été surprise. Je suis certaine que ça n'a étonné personne. Mes collègues nous dévisageaient alternativement, les policiers et moi.

Se faire arrêter dans son cadre professionnel, en plein sur son lieu de travail, devant une assistance peu disposée à vous soutenir, c'était là une humiliation à laquelle je refusais de me soumettre. J'ai bondi de mon siège, espérant devancer le geste des fonctionnaires de police.

— C'est pour moi, ai-je marmonné. À mon avis, ils doivent avoir envie de me poser encore quelques questions. Trois fois rien.

Or, avant que j'aie pu traverser la pièce :

— Mademoiselle Fly ? Nous vous emmenons au commissariat pour vous interroger. C'est en rapport avec la disparition de Lily Bridges. Munissez-vous de votre carte de résidente.

Je me suis retrouvée face aux deux personnages en uniforme bleu foncé, que j'ai tenté de refouler vers la porte.

— Elle est dans ma poche. Je ne sors jamais sans. Mais j'ai déjà répondu à quantité de questions. Je vois mal ce que je pourrais ajouter.

— De nouveaux développements sont intervenus. Nous aimerions que vous descendiez jusqu'à notre voiture.

J'étais tendue. Il n'existait guère qu'un seul développement éventuel auquel je pouvais songer, mais je n'ai pas osé poser la question. Avaient-ils découvert les parties manquantes du corps de Lily ? À l'heure qu'il était, les différents morceaux avaient dû être rejetés sur la grève, avec la marée, ou pris dans les filets d'un pêcheur de nuit. Peut-être les policiers avaient-ils été en mesure de la reconstituer et de procéder à une identification officielle. Simple formalité. À en croire les journaux, la police savait qu'il s'agissait de Lily.

À la société, depuis ce matin-là, voici deux semaines, lorsque quelqu'un avait apporté le *Daily Yomuri* que l'on s'était passé en silence de bureau en bureau jusqu'à ce que, dans l'après-midi, il ait atterri sur le mien, rien n'avait plus été pareil. Le gros titre annonçait : « Le torse d'une femme découvert dans la baie de Tokyo. Il s'agirait de Lily Bridges, la barmaid britannique portée disparue. »

Depuis, personne ne me regardait plus franchement. Je ne sais pas s'ils me prenaient pour une meurtrière ou si toute l'horreur de la mort de Lily les avait mis trop mal à l'aise pour qu'ils puissent me parler.

Les policiers m'ont conduite hors de la salle — comme si je ne connaissais pas le chemin — jusqu'à la voiture garée dans la rue. Je n'ai pas levé le nez en l'air. Je savais que mes collègues m'observaient par la fenêtre, mais il était inutile que je leur adresse un au revoir de la main. Je ne pensais pas que nous nous reverrions. La seule qui me manquerait, ce serait mon amie Natsuko. Elle avait envie de me faire confiance, mais ce gros titre, même pour elle, c'était trop, et elle m'avait laissée tomber.

Pour ma part, la réaction que m'inspirait cet article, si bref qu'il soit, c'était que Lily n'en aurait guère approuvé la formulation. Elle n'était barmaid qu'au Japon. Chez elle, à Hull, elle avait été infirmière. Une bonne infirmière, je l'ai découvert lors de notre randonnée à Yamanashi-ken, quand j'avais trébuché et fait cette chute à flanc de montagne. Elle m'avait bandé la cheville puis aidée dans la descente avec un tel savoir-faire, une telle compassion que j'en avais presque pleuré. Mais au bar, elle était maladroite et empruntée. Elle avait la voix si haut perchée, si plaintive, que les clients n'avaient qu'une envie, sauter derrière le comptoir et se servir eux-mêmes. Son boulot dans ce bar était destiné à être temporaire.

Mais à présent Lily est morte et moi j'attends dans un commissariat. C'est mon premier contact avec le système judiciaire japonais, mis à part quelques questions fort amènes que l'on m'a posées à la disparition de Lily. Je ne suis pas trop certaine de savoir ce qu'ils me veulent cette fois-ci, mais cela me semble sérieux. Je suis assise sur un banc, dans le couloir. Les hommes qui m'ont amenée ici sont repartis, après m'avoir confiée à deux de leurs collègues très affairés. Un vieil obèse et un jeune filiforme. Le gros est en train de convaincre le filiforme de s'adresser à moi en anglais, histoire de savoir si je parle ou non le japonais. Je n'ai pas pris la peine de leur expliquer que je le parle couramment, que je suis même traductrice professionnelle. C'est une information qu'ils ne devraient pas ignorer, si tant est qu'ils sachent quelque chose. Ils sont finalement tombés d'accord. Le filiforme me fait face.

— Bonjour. Je vais être votre interprète.

Son anglais est lent, hésitant.

— Bonjour.

— Pouvez-vous me décliner vos nom et prénom, je vous prie ?

— Ils figurent sur ma carte de résidente. Je l'ai remise à quelqu'un.

Cette indication est transmise à l'autre fonctionnaire, en japonais. La réponse me revient en japonais, puis en anglais.

— Ce n'est pas à moi de savoir ce qu'est devenue votre carte de résidente. Vos nom et prénom.

— Lucy Fly.

Le gros fronce le sourcil.

— Rooshy Furai, ai-je rectifié, en m'efforçant de me montrer coopérante.

Lors de mon interrogatoire précédent, mon ami Bob m'avait avertie : il fallait que j'essaie de me comporter normalement, et que je me montre aussi courtoise que possible, même si cela va contre ma nature.

— J'ai trente-quatre ans.

Le policier filiforme ne réagit pas.

— En fait, je suis née l'année du serpent.

— Et vous travaillez à Tokyo, à Shibuya, intervient le vieux policier obèse, en japonais.

Après traduction en anglais, je réponds :

— C'est exact.

— Le nom de l'entreprise ?

Là encore, j'attends la traduction avant de répondre :

— Sasagawa.

— Vous y exercez la profession d'éditrice ?

Mon jeune ami tout mince et bien docile me transmet.

— De traductrice, du japonais en anglais.

J'attends que ma réponse produise son effet, mais non.

— Depuis combien de temps travaillez-vous là-bas ?

— À peu près quatre ans.

— Donc vous parlez le japonais.

L'interprète répète :

— Donc vous parlez le japonais.

— Oui, ai-je confirmé.

Enfin, me dis-je.

— Oui, c'est bien le cas.

Le policier me regarde. C'est un regard soupçonneux, peu amical, que j'estime ne pas avoir mérité. Pas encore.

— *Pera pera*, ai-je ajouté. Couramment.

— Vous ne l'aviez pas précisé.

— On ne me l'a pas demandé.

L'interprète s'en va, quelque peu vexé. Je suis contente d'être débarrassée de lui. Il n'a pas un bon accent. Je reste avec le vieil homme obèse.

Mon geôlier me conduit à une chaise dans une petite pièce. Il s'assied en face de moi et ses yeux furètent un peu partout, en évitant mon visage. Je ne m'en plains pas. Pourquoi faudrait-il qu'il me dévisage ? Lucy n'est pas une beauté, tous ceux qui ont posé les yeux sur elle le savent. Pourtant, une fois que je me suis installée confortablement, il s'astreint à étudier mes traits, pour tout bonnement s'apercevoir qu'il n'arrive plus à s'en détacher. Mes yeux détiennent un certain pouvoir, je le sais.

— Je voudrais que vous me parliez de la nuit où Lily Bridges-san a disparu.

— Sait-on quelle nuit elle a disparu ?

— La nuit après laquelle on ne l'a plus revue. En

l'état actuel de nos informations, vous êtes la dernière personne à qui elle ait parlé.

— Je vous ai déjà répondu à ce sujet.

— J'aimerais que vous me répétiez votre réponse.

— J'étais dans mon appartement. On a sonné à la porte. J'ai ouvert. C'était Lily. Nous nous sommes parlé une minute et elle est repartie.

— Et ensuite ?

— Je suis rentrée chez moi.

— Et après ça ?

— Rien. Je ne me souviens pas. Quand Lily est passée, je rentrais chez moi avec ma lessive. J'ai probablement repris mon occupation du moment.

— L'un de vos voisins vous a vue sur le trottoir devant votre porte d'entrée, en train de parler avec Bridges-san.

J'ai levé les yeux au ciel.

— Alors c'est qu'il ou elle a certainement vu ce que je viens de vous déclarer.

Il m'observe fixement. Comme un instituteur qui attend patiemment l'aveu d'un enfant, sachant que ça finira bien par sortir.

— D'accord. Je l'ai suivie pour la rattraper, à peu près cinq minutes plus tard. J'avais oublié de lui dire quelque chose.

— Donc vous lui avez reparlé ?

— Non, je ne l'ai pas trouvée.

— Vous avez supposé qu'elle s'était rendue à la gare ?

— Oui. Je ne vois pas où elle aurait pu aller, autrement. Je ne crois pas qu'elle connaissait très bien mon quartier.

— Le trajet de votre appartement à la gare est assez direct, n'est-ce pas ? Et la nuit les rues sont bien éclairées.

— C'est vrai, mais je ne l'ai pas retrouvée. J'ignore où elle est allée.

— Voudriez-vous me communiquer la teneur de votre conversation avec elle, devant votre porte ?

J'ai secoué la tête.
— Vous ne vous en souvenez pas ?
— Je m'en souviens.
— Alors précisez-m'en la teneur, je vous prie.
— Non.
— Votre voisin nous a rapporté que vous étiez en colère. Vous avez crié sur Bridges-san.
— Je ne crie jamais.
— Vous n'étiez pas en colère ?
— J'étais en colère.
— Votre voisine nous a indiqué qu'apparemment vous portiez quelque chose, une espèce de balluchon.
J'ai reniflé.
— Qui est-ce, cette voisine ? Miss Marple ?
Je sais très bien qu'il s'agissait de ma voisine de palier, une passeuse d'aspirateur. Son imagination fertile m'a toujours frappée. Elle passe l'aspirateur avec rage, tous les jours pendant des heures, et quelquefois jusqu'en plein milieu de la nuit. Elle doit avoir la tête remplie de toutes sortes d'idées délirantes. En plus, elle est la seule personne à habiter dans mon voisinage immédiat. Au-dessus de la station-service, il n'y a que deux appartements, dont le mien. Je l'admets, il est dommage que nous ne soyons jamais devenues amies, mais à présent il est trop tard.
Le policier conserve un visage neutre.
— Je ne portais rien. Rien du tout.
Il soutient mon regard.
— Réfléchissez bien. S'il vous plaît.
Je réfléchis ferme, histoire d'être polie, mais je commence à en avoir assez.
— Comme je vous l'ai dit, je rapportais mon linge. Il est possible, au moment où j'ai ouvert la porte, que j'aie tenu en main un vêtement. Enfin tout de même, je ne suis pas tête en l'air au point de m'être lancée sur les pas de Lily avec je ne sais quoi dans les mains. De toute façon, si je m'étais retrou-

vée à cavaler dans la rue avec une ou deux culottes, je m'en souviendrais.

— Je me demande alors ce que votre voisine a bien pu apercevoir.

— J'avais les mains vides.

— Bridges-san était l'une de vos amies proches.

Je marque un temps de silence.

— Oui.

— Parlez-moi de votre amitié.

— Non.

— Lily était bien votre meilleure amie, n'est-ce pas ?

— Elle est devenue une amie proche. Je ne l'ai pas fréquentée très longtemps.

— D'autres amis ?

— Moi ou elle ?

— Vous.

Je ne vais pas lui parler de Teiji, mon ami envers et contre tout.

— Natsuko. C'est ma collègue. Bob. Un Américain. Je l'ai rencontré dans la salle d'attente de mon dentiste. Je lui ai appris à dire « une douleur sourde et lancinante » en japonais. Il est professeur d'anglais, et donc il ne sait pas vraiment parler le japonais. Et puis Mme Yamamoto. Elle dirigeait le quatuor à cordes au sein duquel je jouais. Mme Ide et Mme Katoh, aussi. Un second violon et un alto.

— Est-ce que Lily Bridges connaissait ces gens ?

— Seulement Natsuko et Bob. Mme Yamamoto est morte avant l'arrivée de Lily au Japon. Elle n'a jamais rencontré Mme Ide et Mme Katoh.

— Pourquoi Lily Bridges est-elle venue au Japon ? Que savez-vous de ses intentions, au départ ?

— Elle aimait bien le personnage de Hello Kitty.

Il lève les yeux, l'air soupçonneux.

— Je ne sais pas pourquoi elle est venue.

Mais si, je le sais. Je ne vais pas lui parler d'Andy, son petit ami, et lui raconter qu'il l'a suivie, qu'il a posé des micros dans son sac à main et frappé le laveur de carreaux sous prétexte qu'il avait grimpé sur son échelle jusqu'à la fenêtre de la chambre, pile au moment où Lily changeait de haut — comme si le laveur de carreaux avait pu être au courant. Je ne vais pas lui expliquer qu'elle est venue au Japon clandestinement, en renonçant à un métier qu'elle aimait, justement pour échapper à ce petit ami. Je ne vais pas le lui raconter, parce qu'il le sait déjà. J'ai déjà expliqué tout cela à la police. Et Bob en a fait autant.

Le policier se lève et il ouvre la porte pour laisser entrer un autre de ses collègues. Ils sont deux, à présent. Je lorgne pour lire leur nom inscrit en kanji sur leurs insignes. Le vieux s'appelle Kameyama (la montagne tortue) et le nouveau Oguchi (petite bouche). Oguchi est jeune, avec des bras lisses, imberbes, et le dos voûté d'un adolescent trop vite grandi. Il s'assied un peu en retrait de Kameyama et il affiche un air soucieux. Kameyama quitte la pièce en signalant qu'il revient tout de suite. Oguchi tripote le genou gauche de son pantalon. Ses doigts sont longs et osseux, comme son nez, qu'il gratte. Il lance des regards dans les moindres coins et recoins de la pièce, mais il sait que je le surveille et il évite de croiser le mien. D'un revers de la main, il écarte un moustique de son cou. L'insecte danse devant ses yeux et se rapproche de plus en plus de son visage. Il tente bravement de l'ignorer, mais le moustique se met à l'asticoter. Là-dessus, avec une violence excessive, inutile, il frappe dans ses mains, les écrase l'une contre l'autre, puis s'essuie distraitement sur un mouchoir blanc. Il tourne les yeux vers la porte, espérant le retour de Kameyama. Je remarque qu'il rougit légèrement. J'ai dû lui taper dans l'œil.

Là où il est, Kameyama semble très occupé, et il ne reparaît pas avant un petit moment. Oguchi incline la tête et griffonne quelque chose sur son bloc-notes. Je n'ai plus qu'à m'interroger sur mon avenir, et sur le peu de maîtrise que j'en possède encore. Je songe à Teiji et je me persuade que s'il était ici avec moi, la suite des événements me serait égale. Mais il est plus agréable — et plus utile — de réfléchir au passé. Si je repense à tout ce qui s'est déjà produit, cela me permet de mesurer en quoi le passé s'est transformé en présent, de quelle manière mes amis se sont mués en néant, et pourquoi je suis ici.

Je me représente Teiji assis en face de moi dans le fauteuil d'Oguchi, me prenant la main et me caressant le bout des doigts, les caressant comme une eau fraîche et délicate. Je frissonne à cette sensation imaginaire, et cela suffit à me ramener à Shinjuku, l'endroit où je l'ai aperçu pour la première fois. Ce soir-là, j'ai cru qu'il n'était fait que de pluie.

Je déambulais dans le centre de Tokyo. C'était peu de temps après la dissolution du quatuor de Mme Yamamoto, et à compter de ce jour-là, tous les dimanches soir, j'étais perdue, désœuvrée, livrée à moi-même. Je suis arrivée devant les fameux gratte-ciel de Nishi-Shinjuku et j'avais fermement l'intention de passer sans m'arrêter. Les auteurs des guides touristiques sont tous séduits par le côté *Blade Runner* de ces immeubles futuristes qui, aux yeux de Lucy, ne sont rien de plus que des hôtels, des banques et des bureaux gouvernementaux bien ternes — simplement, du fait de leur grande hauteur, ils projettent de longues ombres. Marrant si vous êtes au cinquante-deuxième étage, mais une source de torticolis si vous êtes au niveau du trottoir. Il pleuvait sans discontinuer et j'étais la seule personne qui ne s'était pas donné la peine de se munir d'un parapluie. Les parapluies sont encombrants et, dans la rue, un vrai danger public avec leur toile déployée et leurs baleines tranchantes. La peau de Lucy est imperméable et puis elle a toujours la solution de mettre ses vêtements à sécher.

Un jeune homme se tenait debout devant l'hôtel Keio Plaza, au milieu de ces flots de gens qui passaient autour de lui en brandissant leurs parapluies. Il était penché au-dessus d'une flaque, apparemment en train de prendre des photos. De l'eau lui dégoulinait sur la chevelure et sur la figure, mais il n'avait pas l'air de le remarquer. Son appareil a émis un déclic et il est passé de l'autre côté de la flaque. Je l'ai observé. Il semblait fait d'eau et de glace. Jamais je n'avais vu un homme aux doigts si délicats, aux omoplates aussi effilées, d'apparence aussi fragile, aux yeux marron si translucides. Dans ce clair-obscur illuminé au néon, il scintillait plus vivement que les vastes sculptures de glace du Festival de Sapporo, qui m'avaient émerveillée lors de ma première venue au Japon. C'était un spécimen emblématique de la nuit de Tokyo, et si beau que je n'ai pas pu me contenter de passer mon chemin.

Je me suis approchée de la flaque et je me suis penchée dessus pour entrevoir ce qui l'avait tant captivé. Le reflet de l'hôtel Keio Plaza divisait l'eau sale en deux. D'un côté, on distinguait des fenêtres miroitantes et des lumières, de l'autre, l'obscurité et deux mégots qui flottaient à la surface. Ces mégots me faisaient l'effet de personnes qui auraient sauté par les fenêtres de l'hôtel, mais lui, il observait la flaque plus en profondeur que moi. Je me suis avancée d'un pas, de sorte que les bouts de mes souliers entrent dans l'eau et se reflètent dans l'hôtel. Il n'a pas levé les yeux. Il s'est déplacé le long de la flaque, l'objectif collé à sa pupille. Puis il a pris sa photo, mes pieds compris. Je n'ai pas bougé et il a levé la tête pour me regarder. Ses yeux ont scruté mon visage comme s'il était incapable d'y déceler tout à fait ce qu'il désirait. Il a replacé l'objectif contre son œil et m'a observée par le viseur, comme un enfant cherchant à voir le monde autrement à travers un rouleau vide de papier toilette. L'appareil cliquetait et le flash lançait des éclairs. C'étaient les premières photos qu'il prenait de moi. Je ne les ai jamais vues.

Ce moment était si intime que j'ai su qu'il devait être suivi d'une autre intimité, plus profonde encore. Après tout, c'était moi, de manière très charmeuse, qui m'étais invitée dans sa photo. Il m'avait conduite à l'intérieur et m'avait capturée d'un simple déclic. Mes pieds et mon visage se trouvaient maintenant enfermés dans son appareil. Il m'avait prise au-dedans de lui, et la prochaine étape était évidente, avec tout ce qu'elle comportait de luxure.

Il se peut que nous nous soyons parlé, mais si ce fut le cas, je ne m'en souviens pas. Je ne me rappelle même pas si j'ai véritablement compris où nous allions. Je crois que nous avons marché en silence. Nous n'avions guère de quoi nous payer une chambre au Keio Plaza — ce n'est à la portée de personne —, et donc nous avons pris la direction de son appartement, dans Shin-Okubo. C'est à vingt minutes à pied, mais dans un autre quartier, tout à fait à l'opposé. Nous avons quitté les tours éclairées au néon pour pénétrer dans le Tokyo des quartiers pauvres. De vieilles maisons nichées entre de petits immeubles d'habitation. Des rues étroites et grises où s'alignaient des boutiques et des bars minuscules. Des lanternes orange décoraient des échoppes où l'on mangeait pour pas cher. Des chats de gouttière sifflaient après des chiens qui leur aboyaient dessus du haut des balcons. Nous sommes passés devant quantité de flaques, mais jusqu'à l'arrivée à son appartement, il n'a plus fait de photos.

J'entends encore le cliquetis de sa clef dans la serrure. Ensuite, à la lumière d'une lampe et les rideaux tirés, il a pris un ultime cliché. De mon corps nu. J'étais agenouillée sur le lit, adossée, dans l'attente de devenir belle sous ses caresses. Cela ne m'ennuyait pas d'être regardée à travers l'objectif :

il savait prendre davantage d'égards qu'un œil nu. Un appareil ne cligne pas, ne sourit pas avec mépris, tout au moins pas quand il prend sa photo. Il réserve son avis jusqu'au développement du film.

Et là-dessus Teiji a fermé les yeux. Il ne les a rouverts que bien plus tard, et j'aime assez croire que c'était parce que l'image de mon corps était cadrée, enchâssée sous chacune de ses paupières. Cette image fixe, il la regardait lorsque je me suis faufilée sur son corps de glace en rampant, quand je l'ai bercé, en avant, en arrière, jusqu'à ce que la glace se change en eau, jusqu'à ce que son glaçon fonde en moi. Longtemps après le ralentissement de nos souffles, j'ai conservé ma position en me demandant comment cela avait pu survenir avec autant de facilité. Ensuite je me suis détachée de son corps si mince, toute rose et toute douloureuse au-dedans de moi, avec une sensation inhabituelle, très proche de la joie.

Il gardait les yeux fermés et, comme la lumière était allumée, j'ai saisi cette occasion pour découvrir l'espace autour de moi, histoire de me familiariser avec ce garçon. La pièce n'était qu'un grand placard. Ses vêtements étaient suspendus à même le mur, des pulls bleus et gris, des T-shirts distendus, de vieux pantalons et un jean. Il y avait une cravate accrochée à la tringle à rideaux, mais elle était couverte de poussière et nulle part aucune chemise en vue qu'il aurait pu porter avec. Il n'y avait pas de rayonnages pour les livres, rien que des bouquins empilés très haut. Je n'arrivais pas à lire les titres. Au sommet des livres étaient posés des CD. Un grand bégonia piqué dans un coin de la chambre avec, dans le fond du pot, enchevêtrées au milieu des feuilles, une paire de lunettes de natation. Trois ou quatre appareils photo étaient jetés à même le sol, avec deux cartons remplis d'enveloppes de travaux photo. Mais sans une seule de ces photos exposée nulle part. Les murs étaient peints en blanc, un peu sales. Mis à part ses vêtements, ils étaient nus. Les rideaux d'un blanc bleuâtre tremblaient tout contre, dans la brise nocturne.

Nous avons dû dormir, mais je ne m'en souviens pas. Dans la matinée, il m'a emmenée dans un petit restaurant de nouilles où il travaillait. Plus tard, j'ai appris que les lieux appartenaient à son oncle et qu'un jour il en hériterait. Ce n'était pas encore ouvert mais nous nous sommes assis derrière le bar en bois éraflé, dans le fond, et nous avons bu de grands verres de thé d'orge glacé. Un petit ventilateur installé sur le mur derrière moi exécutait de bruyantes rotations d'un côté, puis de l'autre, en me soufflant de l'air froid dans la nuque. Nous ne nous regardions pas. Nos corps se touchaient, par le flanc, et je m'imprégnais de sa chaleur, que je m'appropriais.

À présent, Oguchi me surveille. Il me verse un verre d'eau et je lui suis reconnaissante de cet apparent témoignage de bonté, même si, à ma connaissance, il s'agit là d'un droit inscrit dans la constitution du Japon. J'ai chaud. Je trempe les doigts dans le verre, je me barbouille la figure d'eau froide. Il a l'air de prendre ça comme le signe que la glace est rompue.

— Ça fait longtemps que vous êtes au Japon. Neuf ans ?

Ce propos s'inscrit-il dans le cadre de l'interrogatoire officiel ou me fait-il la conversation ? Je ne sais pas trop. Il est certain qu'il devrait notifier par écrit tout ce que je dis, pour que cela serve de preuve contre moi.

— Dix.

— Qu'est-ce qui vous a amenée ici ?

C'est déjà plus dans le ton. Cette question, on me l'a posée cinquante mille fois en dix ans. Je ne possède pas de réponse sincère, car il n'en existe pas, ou c'est que je ne suis pas assez honnête envers moi-même pour en trouver une. Mais je garde toujours quelques réponses toutes prêtes chaque fois qu'on me la pose. En l'occurrence, en ces circonstances exceptionnelles, je déploie toute ma panoplie.

— Mon intérêt pour la culture japonaise. J'avais envie d'étudier la langue, j'avais besoin d'épargner un peu d'argent, je voulais voir le monde, je souhaitais m'éloigner de cette morne et vieille Angleterre, j'aime bien le tofu.

Cela me plaît et du coup j'improvise *ad libitum* et je lui sers quelques réponses supplémentaires.

— Les baguettes, c'est moins lourd que les couteaux et les fourchettes et on les tient d'une seule main... ça n'a pas ce goût métallique, les trains sont bien meilleurs chez vous, ils sont ponctuels et les tarifs sont raisonnables, les lutteurs de sumo ont des chevilles magnifiques, même s'ils ont des cuisses peut-être un peu trop potelées pour mon goût. C'est tellement futé, ce système qui permet de payer ses factures à l'épicerie du quartier au lieu d'avoir à attendre l'ouverture des banques au risque d'arriver ensuite en retard au travail. En mai, les iris sont magnifiques, aussi beaux que les fleurs roses et gonflées des cerisiers dont les gens font toute une histoire, comme ils en font d'ailleurs au sujet des geishas, qui n'ont rien de si unique quand vous les observez de près, parce qu'on distingue nettement leurs boutons même à travers tout ce maquillage, les écolières dans les trains sont tout le temps en train de rire. Je ne peux pas supporter ma famille.

Je vois bien qu'il ne sait pas trop à quel endroit consigner tout ce galimatias. Je suis un peu surprise, et plutôt impressionnée, de la fluidité de ce florilège. Maintenant je vais me taire. Je ne vais rien révéler de plus à Oguchi, rien d'autre que ce qu'il me demande, car tout ce que je pourrais ajouter nous mènerait à Lily. Je vais avoir fort à faire pour convaincre la police de mon innocence, mais il subsiste un élément indiscutable. Si Lily ne m'avait pas rencontrée, à l'heure qu'il est, elle serait en vie.

En l'état actuel de mes informations, à ce stade de mon interrogatoire, les événements liés à la mort de Lily sont peu nombreux et prêtent aisément à une interprétation fallacieuse. Elle vivait à Tokyo depuis plusieurs mois quand, une nuit, elle a disparu. Quelques jours plus tard, le torse d'une jeune femme était repêché dans la baie de Tokyo, en même temps que deux de ses membres détachés de ce torse (je ne me rappelle plus lesquels, mais ils faisaient la paire). La police avait eu beau être incapable de procéder à une identification en bonne et due forme, car les mains manquaient, et donc les empreintes digitales, il était largement admis, semble-t-il, que ce corps avait été celui de Lily. Comme vous le savez, le lien entre cet événement et moi, c'était qu'on l'avait vue frapper à la porte de mon appartement plus tôt le soir de sa disparition. Ma voisine avait vu la porte ouverte, m'avait repérée sur le seuil en train de parler à Lily avec colère, et puis elle avait aperçu Lily en train de s'éloigner. Là-dessus elle m'avait regardée la suivre, quelques minutes plus tard, chargée d'un balluchon. C'est certainement un mensonge. Pourquoi n'avait-elle pas prétendu m'avoir vue fourrer un revolver sous ma chemise après avoir refermé la porte de la rue? Ou brandir une dague tout en marchant? Je n'ai jamais nié les autres faits, même si j'ai choisi de ne pas entrer dans les détails de la conversation que nous avions eue sur le moment.

L'un des suspects était l'ancien petit ami de Lily qui, s'il était muni d'un faux passeport et s'il voyageait sans s'attarder nulle part, avait regagné l'Angleterre doté, semblait-il, d'un alibi infaillible — pas de veine pour moi. Le jour en question, il avait été filmé sur un circuit intérieur de télévision, entrant dans une échoppe à Goole, et commandant une portion de cabillaud-frites et un œuf au vinaigre en guise de déjeuner. Il tripotait l'ourlet de son anorak et s'était gratté l'oreille avant de plonger la main dans la poche de son jean pour en ressortir deux pièces d'une livre. L'autre suspect principal, c'était M. X, comme d'habitude, qui surgit la nuit dans les ruelles de tous les pays du monde pour nous rappeler, vu ce qu'il peut infliger à un corps de femme, que la définition d'un être humain inclut ce qui chez lui n'est pas humain.

Faute de preuve supplémentaire, il est difficile de deviner quels progrès la police a pu enregistrer. Je n'imagine pas que mon nouvel ami le policier filiforme va me mettre dans la confidence, tant que je ne lui aurai rien révélé de plus concernant Lily. Je garde le silence. Mes pensées reviennent à Teiji.

Le matin qui a suivi notre première rencontre, je me suis réveillée tôt, j'ai griffonné mon adresse sur un bout de papier que j'ai calé sous son appareil photo avant que nous ne nous mettions en route pour le bar à nouilles. Je ne lui ai pas noté mon numéro de téléphone. Je voulais qu'il vienne me retrouver.

La sonnette a retenti à ma porte alors que j'étais sous la douche. Une semaine s'était écoulée depuis notre première rencontre. Au bruit de cette sonnette — moins soudain que d'habitude, une sonnerie tranquille et confiante —, j'ai bien reconnu que c'était le bout très doux de l'index de Teiji qui appuyait sur le bouton, et donc je ne me suis pas donné la peine d'attraper une serviette. J'ai entrouvert la porte, pas en grand comme d'habitude, non, un peu moins que cela — à ce moment-là déjà, je n'ignorais pas que ma voisine était une fouineuse — et j'ai laissé Teiji se faufiler.

Si seulement je pouvais me rappeler ce qu'il m'avait raconté. Il aurait pu me confier que j'étais belle, car je suis certaine qu'il me l'a dit, à un moment ou à un autre. Il n'est pas impossible qu'il ait poussé une exclamation en me découvrant si nue, si parfaitement prête à le recevoir. Il se peut que je ne me souvienne pas de ses propos de ce jour-là car il est possible qu'il n'ait rien dit. Il n'est pas exclu que nous soyons passés directement dans ma chambre, pour aussitôt faire l'amour. Et après coup, un drap autour du corps, j'aurais plongé le regard dans l'objectif qui capturait mon image instantanée. Il se peut que nous ayons fait tout cela sans prononcer un seul mot. Et pourtant, s'il ne parlait jamais, comment ai-je pu apprendre qu'il s'appelait Teiji ?

Chaque fois que je me remémore Teiji, du coup, je ne me souviens pas de Lily. Je ne vous l'ai pas encore présentée, pas véritablement. J'ai remis la chose à plus tard, en espérant qu'elle se présenterait de sa propre initiative. Mais j'ai eu tort. Elle est déjà là, voyez-vous. Elle est ici, dans l'ombre, dans les recoins de ma cellule, dans le bourdonnement du néon au-dessus de ma tête, dans la drosophile tout à fait à l'extérieur de mon champ visuel qui pourrait aussi bien être une tache que j'aurais dans l'œil. Quand je me penche en avant, mes cheveux me retombent sur la tempe gauche et là, je sais que Lily habite à l'intérieur de mon visage. Parfois j'ai l'impression que ma démarche n'est pas tout à fait la mienne — mes pas sont plus courts, plus rapides, je vais presque au pas de course — et donc je sais qu'elle habite aussi mes jambes.

Je cligne de l'œil et je m'aperçois que Kameyama est de retour, et qu'Oguchi et lui me dévisagent.

— Vous ne pouvez pas rester assise là, le regard perdu dans le vide. Il va falloir que vous me parliez de Bridges-san. Rester assise là toute la nuit sans rien me dire, ça ne prendra pas. Vous la connaissiez bien. Nous savons déjà ça.

— Oui, c'est vrai.

Mais pas suffisamment bien. Tout est là.

Kameyama me hurle des questions, un feu roulant de questions. Je ferme les yeux et me bouche les oreilles. Je ne vois ni n'entends rien.

2.

J'avais rencontré Lily dans un bar, à Shibuya. Cela remonte à quelques mois seulement, même si cela paraît plus lointain. Elle était avec Bob (le prof dont j'ai fait la connaissance dans la salle d'attente d'un dentiste) et avec quelques autres enseignants anglais, et moi je n'avais aucune envie de me trouver là. Je fréquentais rarement les autres étrangers, et depuis le début de ma relation avec Teiji, je n'éprouvais aucun désir, aucun besoin de me lier à personne d'autre. Mais Bob m'avait rendu visite tout spécialement.

— Lucy, il y a une femme, une nouvelle, qui travaille dans le bar anglais où je vais. Enfin, une fille, en réalité. C'est une vraie boule de nerfs. C'est la première fois qu'elle se trouve à l'étranger et c'est comme si elle avait aluni. Je ne sais pas comment elle va arriver à se débrouiller.

— Oh.

Qu'est-ce que cela pouvait bien me faire ?

— Elle a besoin d'aide. Je veux dire, elle a besoin de se trouver un appartement. Pour l'instant, elle habite dans une maison de gaijin miteuse, avec de vrais enfoirés, et elle est la seule femme. Si elle ne sort pas de là en vitesse, je pense qu'elle va craquer.

— Se trouver un appart, ce n'est pas compliqué. J'y suis bien arrivée, moi.

— Lily ne parle pas un mot de japonais.

Un nom peu usité. Qui ne me déplaisait pas.

— Et alors, toi, tu ne pourrais pas l'aider ?

— Je croyais que toi tu pourrais. Tu t'es trouvé un lieu à toi, donc tu connais les offres et tu sais où chercher. En plus, ton japonais est bien meilleur que celui de n'importe lequel d'entre nous. Enfin, c'est juste une idée.

— Ça ressemble davantage à un plan concerté qu'à une idée.

Mais je suis Lion et je cède facilement à la flatterie. Bob s'était acquis mon aide.

— Tu sortiras prendre un verre avec nous, vendredi ? On va dans un izakaya, à Shibuya. Rien que pour faire sa connaissance, d'accord ? Si tu n'as pas envie de te lancer avec elle dans la tournée des agences immobilières, tu pourrais au moins lui apporter quelques conseils.

En règle générale, ce n'est pas que je ne sois pas généreuse, mais j'avais envie de consacrer toutes les minutes de mon temps à Teiji, ou à rester seule en pensant à lui. Je n'avais pas de place pour une fille un peu mollassonne. Lily. Je m'imaginais une grande et belle femme à la peau pâle, un long cou blanc. Elle se tiendrait dans un coin du bar, à siroter un gin-tonic dans un verre élégant. Elle me regarderait et me sourirait avec sérénité. Les belles femmes sont toujours ravies de me regarder. Mes yeux noirs sont trop perçants pour être beaux. Je suis la laideur qui définit leur beauté. En l'occurrence, les hommes aussi sont enchantés de me regarder. Ils se disent, je ne vais peut-être pas me lever un super mannequin, mais au moins je sais que je peux toujours me trouver quelqu'un de mieux qu'elle. Vous pourriez en conclure que je possède une beauté singulière. Les gens aiment bien considérer mon visage, ils apprécient ma présence dans les parages, pour des motifs esthétiques, en quelque sorte. J'ai envié Lily avant même de la voir.

Je suis entrée dans le bar et j'ai déniché les profs d'anglais assis dans un coin, en train de parler boulot d'une voix sonore. Lily était la seule du groupe que je ne connaissais pas. Elle avait la peau pâle, en effet, mais elle était petite et osseuse, un vrai sac de coudes et de genoux. Elle avait une grosse touffe de cheveux teints couleur auburn qui se dressaient de trois bons centimètres au-dessus de sa tête avant de lui retomber sur l'œil gauche. Ses yeux étaient noirs, comme les miens, mais dénués d'expression. Ils étaient enfoncés sous les sourcils comme deux grosses prunes. Elle me scrutait, sous sa touffe de cheveux. Elle avait les yeux et les doigts agités de tics. Elle était séduisante, mais aussi un brin comique et, au lieu de l'envier, je me suis surprise à sourire.

— Salut.

J'ai immédiatement situé son accent, celui de l'East Yorkshire. Je ne suis pas le professeur Higgins, mais il se trouve tout bêtement qu'elle s'exprimait exactement comme les filles avec qui j'étais à l'école. Des années de voyage, passées à parler d'autres langues et à tâcher de me dissocier de mes origines, n'avaient pas laissé subsister chez moi la moindre trace d'accent. Je m'exprime d'un ton neutre, difficile à situer, et qui me convient fort bien. Je ne fais preuve d'aucune patience envers les gens qui trimbalent leur accent comme un drapeau ou comme un hymne, fermement résolus à vous agresser avec leur chauvinisme provincial.

Lily m'a souri, et puis elle a été prise d'un tic nerveux et elle a tripoté sa frange.

— J'aime bien cette bière japonaise, m'a-t-elle confié. Elle est super.

— Moi je prendrai une Guinness. Quand es-tu arrivée ?

— Ici ? Dans ce pub ? Ce soir ?

— Non. Au Japon.
— Oh.
Elle a laissé tomber sa cendre de cigarette sur ses genoux et l'a balayée maladroitement d'un revers de la main. Ses mains tremblaient légèrement.
— Vendredi dernier. Pour être franche, je n'aurais jamais cru atterrir ici et maintenant que j'y suis, je ne sais pas trop pourquoi, tu vois.
J'ai hoché la tête.
— Genre, il faut que je m'habitue à une nouvelle maison, une nouvelle langue, à tout ça. Je ne sais pas comment je vais y arriver, tu vois, alors que tout le monde a vraiment l'air de s'adapter. C'est ma première soirée dehors et je suis complètement paumée.
— Tu viens à peine d'arriver. Bien sûr que c'est dur, au début. Qu'est-ce qui t'a amenée au Japon ?
— Une histoire qui s'est terminée. Mon petit ami, Andy, je l'ai quitté, tu vois.
J'ai cru qu'elle était sur le point de pleurer. D'un geste de la main, elle a ramené sa tignasse en arrière et elle a baissé la voix, comme pour me confier un secret.
— Enfin, il a bien fallu. Nous allions nous marier mais tout ça a mal tourné. Et moi j'étais dans un état épouvantable alors j'ai décidé qu'il fallait que je m'en aille, tu vois. Tu comprends, il était très possessif et bon je ne crois pas qu'il m'aimait tant que ça, et quand même il continuait de me suivre, à l'occasion, pour s'assurer que je ne sortais pas m'amuser avec quelqu'un d'autre. Alors j'ai eu envie de lui échapper, mais ce n'était pas seulement ça. J'avais envie de reprendre les choses à zéro et du coup j'ai décidé de voyager, tu vois, de découvrir le monde et tout.
— Bon, ai-je acquiescé. Un nouveau départ. J'ai appris que tu cherchais un endroit où habiter.
— Ouais. Là où j'habite pour le moment, c'est...
Elle a eu l'air prise de court et elle est restée là, à fixer la table du regard. Je savais de quelle sorte

d'endroit il s'agissait et je connaissais les occupants. Je les avais vus. Un immeuble décrépit occupé par une bande d'Occidentaux qui rentraient la nuit avec leur conquête du jour. Des hommes qui n'auraient rien eu de bien particulier dans leur pays d'origine se retrouvaient subitement en train de courir après des femmes uniquement à cause de la couleur de leur peau. Ils levaient de jolies créatures qu'ils n'avaient jamais vues auparavant, et les voilà qui remontaient d'un cran dans la chaîne des prédateurs. Ça leur montait à la tête. Ils vivaient dans un vide sordide et splendide, gorgé de semence. Autant de femmes que possible, aussi souvent que possible, un mensonge inédit pour chacune d'elles. Et en plus, il y avait des cafards.

— Il faut que je me sorte de là. Tu peux m'aider ? Je ne parle pas un mot de japonais et je ne sais franchement pas comment me débrouiller. Je suis venue au Japon uniquement parce que mon petit ami était au courant de ce boulot ici, dans un bar. Excuse-moi, il faut que j'aille aux toilettes.

Elle est sortie de la salle à toute vitesse. Je me suis tournée vers Bob.

— Je n'ai pas le moindre point commun avec elle. Je n'ai pas envie de me sentir obligée d'être aux petits soins.

— Lucy, elle est nouvelle ici.

— Tokyo est plein d'étrangers qui sont nouveaux ici. Il en arrive tous les jours davantage. Si je devais tous les dorloter, je n'aurais plus aucune vie à moi.

— Très bien, d'accord. Elle m'a donné simplement l'impression d'être quelqu'un de seul.

— Tout le monde est seul.

— Parfait.

J'ai songé à mon amie japonaise, Natsuko, et à son visage souriant lorsqu'elle m'avait accueillie à mon arrivée, alors que je ne connaissais rien de Tokyo.

— Bob, je vais l'aider à trouver un appart, mais je ne vais pas me coller à elle.

J'ai ajouté d'une voix sifflante :

— Je ne supporte pas les gens de l'East Yorkshire.

— J'ignorais que tu nourrissais autant de préjugés.

Il a éclaté de rire.

— Qui plus est, je croyais que le Yorkshire faisait partie de ton univers.

— Justement. C'est bien le problème.

Lily était de retour.

— Je vais te guider pour que tu te trouves un appart. Ce n'est pas si compliqué, mais il y a des agences qui louent aux étrangers et d'autres non. Et puis aussi, l'argent, ce n'est pas simple. En plus d'une caution et d'un loyer d'avance, tu vas sûrement devoir payer pour une clef... c'est comme un dépôt de garantie mais que tu ne reverras jamais.

— Ça m'est égal. J'ai apporté mes économies avec moi.

— Quand tu vas voir à combien ça se monte, cela ne te sera plus égal. Et il va te falloir un garant.

— Mon patron acceptera. Il me l'a certifié.

— Alors c'est parfait. Si tu veux, je me chargerai de la traduction.

— Merci beaucoup. Tout ça, ça change pas mal de Hull.

— Ça, c'est sûr.

Lily a saisi quelque chose dans le ton de ma voix.

— Tu es d'où ?

— Pas loin de Hull, près de la côte.

— Quelle coïncidence ! Moi aussi. C'est marrant de tomber sur quelqu'un du même coin que soi, si loin. Du coup, je me sens beaucoup mieux, ah ça oui. C'est tellement bon d'avoir des amis originaires du même coin, tu ne trouves pas ?

— Je ne vis pas ici depuis très longtemps.

— C'est les racines qui comptent.

— Les plantes et les arbres ont des racines. Les gens, ils ont des jambes.

Nous étions convenues de nous retrouver le week-end suivant. J'avais pensé l'aider à se trouver son appartement, et puis ne plus jamais la revoir.

Ce furent les débuts de Lily, son entrée dans mon histoire. Maladroite et cafouilleuse. Somme toute, en fait d'entrée, ça ne valait pas grand-chose, mais enfin, comme vous le verrez, Lily réussissait bien mieux ses sorties.

Je m'abstiens de communiquer cette information aux policiers, en tout cas tant que les choses ne tournent pas au vinaigre. Pour le moment, je réussis très bien à les ignorer. Kameyama est encore en train de me hurler dessus. Sa voix flotte, m'échappe et me revient à portée d'oreille. Je saisis des bribes. Il me raconte que si je ne me montre pas coopérante ils me garderont ici toute la nuit, ils amèneront un ou deux collègues en renfort, qui me poseront encore d'autres questions. Il suggère que nous attendions tous, sagement assis, le temps que je réfléchisse à tout ce qui s'est passé, et à ce que je vais pouvoir leur en dire. Les conséquences de mes propos et de mes silences seront graves. Il n'a pas besoin de me rappeler que dans le cas de certains meurtres le Japon maintient l'application de la peine de mort — par pendaison, soyons précis. Il m'informe, sans nécessité aucune, que cette nuit j'aurai probablement peu l'occasion de dormir.

Et le silence retombe dans cette petite pièce, avec sa table et ses trois chaises. Cette pièce est un cliché, mais j'ai envie de croire que mes impressions sont pleinement originales. Car ce que Lucy désire à présent, plus que tout au monde, c'est un bol de nouilles. En particulier des udon, ces grosses nouilles aussi grasses que des vers de terre, mais elle se contenterait de ramen en forme de tortillons, ou même de ces soba, si minces et délicates. Elle apprécierait ces nouilles dans un grand bol marron, avec un œuf cru cassé dans la soupe et deux baguettes en bois laqué pour les attraper et les engloutir. J'incline la tête vers mon bol imaginaire, comme pour en humer les parfums.

La seule manière de manger les nouilles, c'est, bien sûr, de les pêcher dans le bouillon, de les sucer entre les lèvres, de les aspirer sans discontinuer jusqu'à ce qu'il ne reste plus dans le bol que du liquide et quelques morceaux flottants. La plupart des Occidentaux qui se rendent au Japon ont du mal. Si vous avez été élevé dans la culpabilité de toute mastication bruyante, il vous est impossible d'aspirer convenablement. Et si vous êtes incapable d'aspirer, vous ne pouvez absorber les nouilles en les suçant, et du coup il devient impossible de les manger correctement. La plupart des gens renoncent à la moitié de leur bol ou mangent avec une lenteur épouvantable. Moi, je me suis immédiatement mise à les aspirer. Quand j'ai découvert que Teiji travaillait dans un bar à nouilles, j'ai su qu'il était fait pour moi. Qu'il travaille dans un endroit pareil, était-ce une coïncidence ?

Hier, je suis retournée au bar à nouilles. Je savais que chaque heure qui passait m'éloignait de Lily et Teiji, et donc je suis retournée sur mes pas, dans l'espoir grotesque de l'apercevoir, lui. Je n'avais pas l'intention de lui parler. Je voulais simplement saisir au passage une vision fugace de ses omoplates sous son T-shirt, ou de son profil quand il essuyait les tables. Je savais que le bar avait changé de mains et que Teiji n'aurait aucune raison de se trouver là. Je le savais, mais ça ne m'a pas empêchée d'aller y jeter un œil — les guetteurs chevronnés sauront apprécier.

De l'extérieur, j'ai bien vu que le bar n'était plus le même. Il était plus propre, plus clair, et il y avait un nouveau nom au-dessus de la porte. La crasse des fenêtres avait disparu et le pas de porte en pente avait été remis à niveau.

Je suis entrée et suis allée m'asseoir d'un pas nerveux au comptoir qui longeait le mur du fond. Un jeune serveur, un nouveau, a pris ma commande de tamago udon. En attendant mon plat, je me suis épongé le front avec ma serviette. J'ai attrapé une paire de baguettes en bois et je les ai détachées l'une de l'autre d'un coup sec. Le bol est arrivé, tout fumant, et je me suis mise à manger. Les nouilles étaient délicieuses mais, peut-être en raison de la nature des récents événements, quand j'ai regardé au fond du bol, je me suis surprise à repenser à cette affaire de meurtre sur laquelle j'avais lu un article, quelques années auparavant.

Le tueur était vendeur de nouilles ambulant. Lui aussi, il devait se débarrasser d'un cadavre. Afin de s'éviter le problème des empreintes digitales, il avait tranché les mains. Ensuite il avait fait bouillir les couches supérieures de l'épiderme de ces mêmes mains en les plongeant dans le bouillon brûlant, en pleine rue, sous les yeux innocents de ses clients affamés. J'ignore comment il a fini par se faire prendre, mais je me suis posé la question. Un passant aurait-il remarqué, du coin de l'œil, une main humaine flottant à la surface de cette soupe délicieuse qui chauffait à gros bouillons ?

J'ai pensé à Lily et, l'espace de quelques secondes, mes nouilles ont eu meilleur goût. Puis j'ai senti la présence de Teiji derrière moi, qui observait en fronçant le sourcil ma saynète de cannibalisme métaphysique. J'ai lâché mes baguettes. L'une des deux est tombée par terre. Je me suis penchée pour la ramasser, j'ai senti les larmes me monter aux yeux, et j'ai renversé le bol, de toute la hauteur du bar. Il s'est écrasé au sol, la soupe et les nouilles se sont répandues sur le carrelage. J'ai senti les yeux de tous les clients qui évitaient soigneusement de regarder dans ma direction. En Angleterre, j'aurais peut-être recueilli une salve d'applaudissements. J'ai tenté d'appeler le serveur mais ma voix était agitée de profonds sanglots silencieux, qui donnaient l'impression de s'échapper d'un autre corps que le mien.

Un serveur s'est précipité vers moi avec une balayette, une pelle et une serpillière. Il m'a assuré que ce n'était rien du tout, mais j'ai bien vu qu'il ne savait pas trop par quel ustensile commencer. Avant que j'aie pu refuser poliment, un autre serveur avait glissé un second bol rempli de nouilles, là devant moi sur le bar — avec les compliments de la maison. Je n'avais guère d'autre choix que de tout reprendre à zéro. Au bout de quelques minutes, mes pleurs enfantins ont cessé. Je me suis séché les yeux et le nez avec ma serviette et, me sentant un peu mieux, j'ai repris mon repas.

Le temps que le dernier centimètre de nouilles soit au fond de mon estomac, mes yeux ne me piquaient presque plus. Je me sentais comme couverte de bandages. Par qui ? Par les nouilles, même si je me suis laissée aller à penser à une gentille infirmière de mon enfance, et ensuite à cette autre infirmière, Lily, que j'avais croisée. J'ai quitté le bar rassasiée et satisfaite.

Je vais essayer de me nourrir du souvenir de ces saveurs. Mon dos recommence à me faire souffrir, c'est à force de rester assise sur cette chaise inconfortable. J'imagine avoir le droit de me lever un moment et de m'étirer. Je remue, et je me sens un peu mieux. Les policiers me fixent du regard, tous les deux avec une expression identique de lassitude. Je les ignore.

Comme je l'ai expliqué, j'avais accepté de revoir Lily et de l'aider à se trouver un toit. Et donc, même si je n'éprouvais aucun intérêt à son égard, je l'ai attendue à la gare d'Itabashi. Elle avait dix minutes de retard et elle a passé le quart d'heure qui a suivi à s'en excuser. Elle n'a pas cessé de se plaindre de son épouvantable logement actuel et attendait de moi que je l'écoute. J'ai prêté l'oreille à une partie de ses propos, mais pas à l'ensemble. Moi qui avais du mal à me concentrer bien longtemps sur une conversation, j'avais l'esprit qui vagabondait ailleurs. J'ai repensé à mes premières tentatives de louer un appartement à Tokyo, et aux refus des agents immobiliers, des refus que j'essuyais par rues entières, au seul motif que j'étais étrangère. Me dénicher un endroit à moi m'avait pris des semaines. En fin de compte, je m'étais installée dans une chambre minuscule au-dessus d'un garage bruyant, parce que j'en avais assez de chercher. Pourtant, j'ai fini par aimer cette chambre, et j'avais espéré ne plus jamais avoir à déménager. À l'heure actuelle, pour les étrangers, c'est plus facile, et davantage encore pour Lily, car elle m'a, moi, pour l'aider.

Elle jacassait sans discontinuer.

— Andy voulait se marier et moi aussi je voulais mais je n'avais pas envie de me presser et je pensais qu'on devait attendre d'avoir mis davantage d'argent de côté. D'après lui, ça signifiait que je fréquentais quelqu'un d'autre et que je m'arrangeais uniquement pour repousser le mariage, et ça le rendait de plus en plus jaloux. Je veux dire, jaloux d'un homme qui n'existait pas ! Ça finissait pas être gênant parce qu'il a commencé à soupçonner les gens, tu sais, le laitier et tout. Une fois, il s'en est pris à l'un de ses amis qui m'avait dit bonjour dans la rue et là c'était trop alors je l'ai quitté et je suis partie habiter avec une amie. Enfin quoi qu'il en soit, il a deviné où j'étais alors je me suis installée chez la sœur de cette amie et ensuite encore chez une autre copine, et au bout du compte quelqu'un m'a assuré que je pourrais trouver du travail ici, et c'était vrai. Désolée, je t'embête carrément, non, avec tout ça ?

— Pas du tout.

Je n'ai pas répondu ça pour être polie mais parce

que c'était vrai. Cela ne m'embêtait pas car je n'écoutais pas trop. J'étais perdue quelque part dans mes pensées, pendant que ses paroles tapissaient l'air autour de nous comme un papier peint sur des murs. J'y ai juste prêté suffisamment attention pour saisir à peu près de quoi il retournait, au cas où il y aurait été fait allusion dans le futur.

— Et toi, alors ?

Elle a tourné la tête vers moi.

— Tu as un petit ami ?

Je ne pouvais abaisser Teiji en l'évoquant d'un terme aussi commun, aussi banal. D'un autre côté, j'imagine, oui, qu'il était mon petit ami. Nous ne sortions pas exactement ensemble, mais je ne pouvais prétendre qu'il n'était pas mon petit ami. Mon amant, peut-être. Mais qu'est-ce que j'étais pour lui ? Je l'ignorais et, sans trop savoir pourquoi, rien que d'y penser, ça ne me mettait pas très à l'aise.

— Hmm, ai-je fait brièvement avant de changer de sujet. Il y a plusieurs agences immobilières par ici.

J'ai suggéré à Lily de choisir un appartement près de la gare, à un étage élevé. Même au Japon, une femme vivant seule ne saurait être trop prudente. Mais Lily avait envie d'être au calme, loin des gares, et au rez-de-chaussée parce que cela lui donnerait davantage l'impression d'habiter dans une maison que dans un appartement.

— Alors ce sera un peu moins cher, ai-je concédé.

À Tokyo, les appartements d'une pièce se ressemblent presque tous. La totalité des endroits que nous avons visités avaient des parquets cirés et mesuraient la taille de six matelas tatamis. Les cuisines étaient petites mais propres et toutes neuves. Tous étaient pourvus d'étroits balcons et d'éléments de salle de bains, en somme une chambre en forme de grosse bulle en plastique, où chaque équipement fait partie du moule. Certains appartements étaient plus anciens que d'autres, certains plus bruyants. Visiter me plaisait. Lucy est incapable de visiter un logement, occupé ou non, sans s'imaginer vivre dedans.

L'un d'eux possédait un balcon qui donnait sur une vieille demeure biscornue, avec des pots de fleurs sur le toit du garage et plusieurs chats endormis au milieu de ces pots. Je m'étais figuré qu'il devait être possible de descendre sur ce toit sans que les occupants de la maison ne le remarquent. Ce serait un endroit sympa où s'asseoir et lire par une chaude après-midi.

L'appartement suivant était si sombre que même avec toutes les lumières allumées, on n'obtenait qu'une coloration jaunâtre et inquiétante. Le balcon faisait face à un immeuble d'habitation sale et gris. Quand j'ai regardé en bas, du haut du balcon, par les fenêtres, j'ai pu entrevoir les pièces. J'ai épié l'intérieur d'une cuisine.

Un homme d'âge mûr posait une casserole sur sa cuisinière. Il a allumé le gaz, il est resté là, le regard fixe. Une femme — sa femme, j'imagine — est arrivée et, dos à lui, elle a farfouillé dans un placard. On eût dit qu'aucun des deux n'avait enregistré la présence de l'autre, mais la pièce était si petite qu'ils devaient forcément s'en être aperçus. La femme est sortie de sa cuisine et moi je suis retournée à l'intérieur de l'appartement, où Lily inspectait à présent la salle de bains. À force de concentration, elle avait la langue tirée comme un enfant qui dessine.

— Qu'est-ce que tu en penses? lui ai-je demandé.

— C'est un bocal de poisson rouge et il n'y a aucune lumière naturelle. On s'en va.

Aux yeux de Lily, c'était la réponse qui convenait. Pour ma part, je l'aurais pris. Lucy pouvait s'imaginer, la nuit, accroupie sur son balcon, scrutant les vies de ses voisins, aux aguets derrière une serviette suspendue en train de sécher. Depuis les fenêtres de mon propre appartement, c'était impossible. Dans la journée, la station-service sous mon balcon me procure toutes sortes de divertissements, mais le soir il ne se passe rien. J'aurais bien aimé pouvoir plonger le regard dans une cuisine ou un salon.

En fin de compte, Lily a choisi un endroit doté de grandes et larges fenêtres, avec un petit square devant. Sa seule réserve, c'était que l'immeuble était ancien, et donc plus vulnérable aux tremblements de terre.

— Bob m'a affirmé qu'il n'y avait plus eu de séismes depuis des siècles, s'est rassurée Lily.

— Mais c'est justement là qu'il y a de quoi s'inquiéter. Quand on en a toute une série de petits, là, c'est bon. S'il ne se passe rien pendant une longue période, alors tu peux être sûre qu'il s'en prépare un bien méchant.

— Je ne savais pas ça.

Nous sommes allées chez l'agent immobilier et j'ai aidé Lily à signer les documents. J'étais fatiguée et prête à rentrer chez moi, mais Lily avait l'intention de me remercier.

— Laisse-moi t'offrir une tasse de thé quelque part. Allez.

Je n'avais pas envie de rester avec elle. Ce n'était pas de l'aversion à son égard, mais malgré tout je la considérais comme liée aux lieux de mon enfance. Je ne pouvais pas l'aimer. Je savais que si nous passions davantage de temps ensemble, elle se remettrait à me parler du Yorkshire, de toutes ses beautés et de son confort de coin perdu loin de tout.

— Franchement, je suis fatiguée. Vas-y, toi. L'un des côtés très sympa du Japon, c'est qu'on peut parfaitement entrer dans un café ou dans un restaurant seule. Personne ne va te harceler ou te dévisager.

— Je ne sais même pas comment commander une

tasse de café. Je ne connais pas un mot de japonais. Tu es sûre que tu ne veux pas venir avec moi ?

Soudain, ses yeux vides se sont mis à papillonner de terreur.

— D'accord, je viens. Juste pour te montrer comment commander un café.

Nous sommes tombées sur un petit bar violemment climatisé. Lily s'est assise et elle a placé son sac par terre à côté d'elle. Cela m'a fait du bien de voir ça. J'avais oublié qu'en Angleterre les gens posaient leur sac par terre. Au Japon, le sol est considéré comme trop sale. J'emporte rarement un sac à main. J'aime bien fourrer les affaires dont j'ai besoin dans mes poches, donc c'est un objet qui ne me concerne pas. Le sac à main s'inscrit dans une féminité à laquelle je ne me suis jamais senti le droit d'aspirer. Pourtant, j'aimais bien voir Lily poser son sac par terre.

Quand la serveuse est arrivée, Lily m'a chuchoté qu'elle avait envie d'un café. J'ai indiqué à la serveuse que nous n'étions pas prêtes.

— Lily, il faut que tu sois capable de passer ta commande toi-même. Ça ne sert à rien de me regarder. Si tu es incapable de rien demander, comment vas-tu te débrouiller ?

— Mais je ne sais pas quoi dire. Comment vais-je parler le japonais ? Je n'y connais rien de rien.

J'ai trouvé son ton geignard agaçant, mais en même temps je me suis sentie gagnée par l'instinct protecteur d'une sœur. Elle était désemparée.

— Je parie que si. Il y a des mots japonais que tout le monde connaît. Shogun, par exemple.

— Oh, d'accord, oui, celui-là, je l'ai déjà entendu. Cela étant, j'ignore ce que c'est. Origami. Celui-là, je le connais. À moins que ce ne soit du chinois ? Non, c'est du japonais, non ? Hein ? Je n'en sais rien.

— C'est du japonais. Kamikaze ?

— Oui. Ces pilotes, pendant la guerre. Euh. Sumo. Karaoké. Futon.

— Tu vois. Tu en connais bien quelques-uns.

— Karaté. Nouille.

— Ça, ce n'est pas du japonais. Pour les nouilles, il existe plein de termes. Je t'en apprendrai quelques-uns le moment venu. Moi je veux du thé et toi du café, c'est ça ?

— C'est ça.

— Donc le thé, c'est *kohcha* et le café, *koohi.*

— *Kohcha. Koohi,* a-t-elle répété, et elle prononçait ses « o » avec un accent du Yorkshire fortement marqué.

— Oui. Maintenant, quand tu voudras préciser que tu en veux « un », tu ajouteras *hitotsu.*

— Hitotsu kohcha...

— Non. Kohcha o hitotsu. Koohi o hitotsu.

— Donc ça se dit en commençant par la fin. Et le « o », c'est pour quoi ?

— C'est juste une particule. Ça ne signifie pas réellement quelque chose...

— Alors quel besoin ai-je de le dire ?

— Tu le dis, c'est tout. Tu es prête ?

Je n'ai jamais été faite pour être enseignante.

— Non, attends. Laisse-moi m'exercer un peu, d'abord. Kohcha o hitotsu. Koohi o hitotsu. Comment dis-tu « s'il vous plaît » ?

— Tu ajoutes simplement *kudasai* à la fin. Bon, j'appelle la serveuse.

Lily a récité son couplet à la serveuse qui, fort heureusement, a compris.

— Ouah. Voilà que je parle japonais. Attends un peu qu'Andy soit au courant.

— Je croyais que tu n'entretenais plus aucun rapport avec lui.

— Non, plus du tout. Il ignore que je suis ici. Presque personne n'est au courant. Je n'ai aucune envie de le revoir, mais en même temps je ne crois pas que ça en restera là.

— Comment ça ?

— Il était tellement possessif, comme je t'ai

expliqué. Je pense que soit il retrouvera ma trace et il viendra me chercher, soit il rencontrera quelqu'un et il deviendra obsédé par ce quelqu'un, à ma place.

— Ça vaudrait mieux.

— Tu ne m'avais pas expliqué que tu avais un petit ami ? Comment s'appelle-t-il ?

— Teiji.

— Il est traducteur, lui aussi ?

— Il est photographe. Enfin, bon, il travaille dans un bar à nouilles.

— Mais il a envie de devenir photographe. Génial. J'adore prendre des photos, mais je suis pas très bonne. J'aime bien les clichés de paysages... tu sais, les couchers de soleil et tout. J'aimerais bien posséder un appareil, ici, là, tout de suite. Ses images, il les vend ou quoi ?

— Non. Je ne pense pas. Je n'en sais rien.

— Mais dans le futur ?

— Je n'en suis pas certaine.

— Mais c'est un passe-temps. Donc il peut les afficher au mur pour les mettre en valeur, les donner à des gens et tout ça. C'est sympa.

Pourquoi Teiji prenait-il des photos ? Il m'en offrait quelques-unes, toutefois, pour l'essentiel, il n'en faisait rien. Je me suis rendu compte que Lily avait dû en retirer une drôle d'impression, mais je n'avais aucune envie d'en discuter avec elle.

— Tu penses rester longtemps au Japon ?

— Je n'en sais rien. C'est drôle, parce que je ne suis arrivée ici que depuis deux semaines, et pourtant j'ai un peu le mal du pays. Il y a des trucs qui me manquent, dont je n'aurais probablement même pas envie si, à la minute présente, j'étais de retour chez moi. Tu ressens ça ?

— Maintenant, ici, c'est chez moi, donc le seul mal du pays auquel je pourrais songer, ce serait si jamais je quittais le Japon.

— Les fish and chips, ça me manque. Et les boutiques où je peux m'acheter ce dont j'ai envie. J'ai remarqué, ici, que toutes les chaussures sont trop petites pour moi. Faire un saut à Whitefriargate pour aller jeter un œil aux marchands de chaussures, ça ne me déplairait pas.

— C'est vrai. Avec mes grands pieds, moi aussi j'ai un problème pour me chausser.

— La côte du Yorkshire, ça te manque pas ?

— Non.

— Là-bas, il doit bien y avoir quelque chose qui te plaît, non ?

— Oui. L'érosion. Cette partie de la côte subit l'une des érosions les plus violentes qui soient au monde. Pendant que nous bavardons, la falaise est en train de s'effondrer dans la mer. Tous les ans, il en tombe trente à soixante centimètres qui plongent dans les eaux. Ou qui dérivent vers le sud et s'agrègent pour aller former une partie de l'East Anglia. Ça, j'aime bien.

— Quand j'étais gosse, j'allais au bord de la mer. En général, c'était le week-end. Je me souviens d'avoir pagayé dans la mer jusqu'à ce que ma peau en devienne toute bleue. Et il y avait ces vagues énormes qui vous culbutaient. Je détestais le froid mais j'aimais bien être dans l'eau.

Brusquement, Lucy s'était retrouvée projetée dans le passé, et les propos que Lily avait ajoutés par la suite lui avaient échappé. Lucy nageait, elle essayait d'aller vite, suffisamment vite pour conserver sa chaleur, lorsqu'elle avait senti des mains velues lui caresser les jambes et s'y agripper. Au début, elle avait cru qu'il s'agissait d'un de ses sept frères, d'une farce, mais ce contact était féminin et insistant, comme les doigts, la caresse d'une sirène. Il lui avait semblé que la créature l'attirait vers le fond, sous les vagues, pour la noyer, mais sans violence, doucement, tranquillement. Deux ou trois minutes plus tard, elle était à genoux dans les vagues, des vagues peu profondes. C'était des algues lourdes et noires qui s'étaient enroulées autour de ses deux jambes.

— À la plage, j'aimais bien manger de la barbe à papa.

Lucy entendit cette phrase dans la bouche de Lily.

— Moi aussi, j'adorais la barbe à papa.

— Et les glaces, mais le sable était tout le temps soulevé par le vent, et il venait se coller dessus.

Nous avons terminé nos consommations en silence. J'avais la chair de poule, à cause de l'air conditionné. Quand nous sommes ressorties dans l'air extérieur humide et chaud, je me suis sentie désorientée d'être à Tokyo.

— J'aurais jamais cru qu'un jour je serais au Japon, m'a confié Lily en retirant son cardigan. Il y a un an, si tu m'avais posé la question, je l'aurais même pas repéré sur une carte.

Dès ce moment-là, j'aurais dû m'éloigner d'elle. Elle savait comment rentrer chez elle. Mais je ne sais pas ce qui m'a pris, j'ai ouvert la bouche et j'ai tenu Lily au courant. Stupide que j'ai été.

— Dimanche, je pars en randonnée avec Natsuko... c'est une collègue... et je pense que tu l'apprécierais. Ce n'est pas une randonnée particulièrement difficile, mais ça devrait être très intéressant. Si jamais tu as envie de nous accompagner.

Lily était égarée, solitaire, elle avait perdu pied, elle était en manque de gentillesse. Je le savais. Laissez-moi vous exposer pourquoi j'étais si peu disposée à lui consacrer du temps. C'était à cause d'une autre histoire, une histoire que je n'ai pas racontée à Lily. Et que je ne vais pas révéler à la police. Je ne l'ai confiée qu'à Teiji. Je l'ai rapportée à Teiji, une fois, et une seule fois suffit pour raconter l'histoire d'une vie.

C'est ainsi que ça s'est passé. Je suis couchée sous les couvertures, dans le lit de Teiji. Il s'est glissé à côté de moi, a réchauffé ma peau nue contre la sienne, il a tenu son appareil à bout de bras, l'a braqué et a pris une photo de nous deux. C'est l'une des rares qu'il ait prises qui comprenne une image de lui. Il a écarté l'appareil et m'a chuchoté quelque chose. Que m'a-t-il chuchoté ? Il me semble maintenant que Teiji et moi n'usions jamais de mots, mais en fait, si, sûrement, à l'évidence. Je me souviens de fois où nous nous sommes parlé, j'en suis certaine, mais je suis incapable de me rappeler la moindre syllabe de nos échanges. Je conserve le sentiment que les sensations et les idées circulaient entre nous comme par télépathie, mais c'est trop extravagant. Je suis incapable d'entendre la voix de Teiji, mais il devait bien en posséder une. Si je me concentre, alors ce que j'entends c'est un bruit semblable à un crépitement de gouttes de pluie qui auraient franchi nos lèvres. Pas de silences, pas de chacun son tour qui tienne, rien que l'eau qui tombe. Je ne peux être sûre de ses propos exacts, mais voici ce qu'il m'a dit ce soir-là, je crois.

— Comment es-tu arrivée ici ?

J'ai résisté à la tentation de répondre : « J'ai pris la ligne Yamanote et ensuite j'ai marché », car je savais bien que cela ne répondrait pas à sa question.

— Je n'en sais rien, ai-je reconnu.

— Mais tu es ici, au Japon. Je t'ai trouvée. Tu es venue au Japon depuis un autre pays, un autre continent, si lointain, et je t'ai trouvée dans mon appareil. Comment ?

Et je lui ai raconté. J'ai commencé par le commencement et je lui ai raconté presque tout.

3.

J'ai débuté par ma naissance.

Lucy Fly est née à Scarborough en 1965, dans une maison mitoyenne d'époque victorienne, au briquetage d'un gris austère, avec trois marches d'escalier massives menant à la porte d'entrée. Le vent de la mer du Nord soufflait si fort contre la porte qu'il fallait, rien que pour aller déposer les bouteilles de lait dehors, mettre un manteau et un chapeau. Lucy était la cadette de huit enfants, progéniture de George et Miriam Fly, et leur seule fille. Elle était née à la maison, dans le noir. À l'instant même où la sage-femme adjurait Miriam de pousser encore une dernière fois, l'ampoule électrique de la chambre avait sauté avec un bruit mat. George était en bas, en train de regarder le championnat de rugby, mais il avait gracieusement consenti à s'en arracher juste assez longtemps pour monter remplacer cette ampoule par celle des chiottes extérieures. Quand finalement elle avait pu y voir, Miriam, la mère très fière de sept fils, avait considéré, l'air piteux, le désastre rougeâtre qu'on extrayait de sa béance douloureuse pour le soulever d'entre ses jambes. Elle s'était attendue à mettre au monde son huitième fils. Il se serait appelé Jonah.

— Ça tombe bien, s'était écrié George dans sa barbe pas plus tard que la semaine précédente, puisqu'il va sortir d'un seul coup d'un seul d'une grande baleine.

Mais tout ce que Miriam avait devant les yeux, c'était un garçon sans zizi.

— C'est une jolie petite fille ! s'était extasiée la sage-femme en donnant les premiers soins au bébé.

Miriam ne voyait pas du tout ce qu'elle avait de joli. S'offrait à elle le spectacle d'un petit bébé tout rose et maigrichon, sans cou, avec une paire d'yeux de fouine aile-de-corbeau. Il ne lui avait même jamais traversé l'esprit qu'elle aurait pu engendrer une fille. Elle était devenue une fabrique de mâles fort productive, et estimait que cela faisait partie de son droit le plus strict. Miriam n'était pas un être cruel mais sa propre enfance avait été gâchée par une totale absence d'hommes. Son père était mort pendant la guerre. Elle avait deux sœurs, pas de frères et, comble d'injustice, elle avait été obligée d'effectuer toute sa scolarité dans une école de filles. Les seuls hommes à qui elle adressait la parole étaient les chauffeurs de bus et le livreur de charbon. Elle avait besoin d'un homme qui vienne l'enlever, lui chuchoter qu'elle était une petite princesse. À l'âge adulte, Miriam avait été récompensée de ses épreuves. Elle avait revendiqué sa place de droit au centre de l'attention masculine, et ses sept fils s'inscrivaient dans ce droit.

— Ah, bon, avait-elle lâché, se ressentant encore de la douleur qu'elle avait éprouvée au tréfonds d'elle-même et sachant qu'elle venait de mettre là au monde son dernier bébé. Enfin, un peu d'aide pour plier les draps. Yeux de corbeau ou pas.

Tel avait été l'admirable stoïcisme de Miriam devant cette déception écrasante. Elle avait d'abord pensé prénommer le bébé Linda, ce qui signifie belle. C'était le nom dont elle avait eu envie, petite. Mais c'eût été là un paradoxe trop méchant et du coup, sur la suggestion de la sage-femme, le bébé avait été baptisé Lucy, ce qui signifie la lumière, car lorsque Lucy était venue s'échouer en ce monde, George était juché sur une chaise, occupé à changer l'ampoule électrique. Il avait quitté la pièce aussitôt, et sans jeter le moindre coup d'œil, pour laisser les femmes s'occuper des affaires de sang et d'eau chaude. Il avait attendu la nouvelle en bas.

— Une fille ?

Son visage avait manifesté une authentique surprise.

— Ah ma parole !

Aucun indice ne subsiste qui nous éclaire sur le sens de cette réflexion. En tout cas, pour George et Miriam, la vie n'a pas changé tant que ça. Ils mangeaient toujours du hachis Parmentier au dîner du mardi, et des bâtonnets de poisson le vendredi. Une fille, en règle générale, ça pouvait porter des vêtements de garçon et ça ne réclamait apparemment aucun traitement particulier. Elle trottinait en tous sens, apprenait les choses par elle-même et se gardait d'aller se fourrer dans les pattes de ses frères, qui ne savaient pas trop quoi faire d'elle, mis à part éventuellement s'en servir comme boulet de canon quand ils avaient envie de tester la solidité des vitres de la serre. Pour Miriam, la petite Lucy n'était pas bonne à grand-chose même pas comme petite main, parce qu'elle était trop maladroite. Elle cassait les assiettes qu'elle lavait et faisait tomber les plats brûlants qu'elle sortait du four. Elle avait beau se donner du mal, elle était incapable de cuisiner.

Miriam grognait :

— Comment veux-tu arriver à te marier si tu ne sais pas préparer de gâteaux ? Tu n'iras jamais nulle part, crois-moi.

— Mais si, répliquait Lucy, tandis que dans sa tête une petite voix répétait inlassablement : « Je m'en irai d'ici. »

Lucy avait sept ans quand ses parents avaient déménagé de Scarborough, et la situation s'était aggravée. La famille s'était installée dans une petite ville plus bas sur la côte, ce qui avait permis à Miriam de se plaindre de l'isolement. Au contraire de Scarborough, cette ville ne comportait ni falaises, ni collines. Tout était plat et désert. Il n'y avait rien d'autre à faire que d'aller à la plage. Tous les dimanches, on croquait un pique-nique plein de sable dans un vent qui faisait pleurer les yeux, on nageait dans la mer du Nord froide et sauvage. Ses sept frères jouaient les trompe-la-mort sur le brise-lames tandis que Lucy, elle, préférait remonter vers la promenade s'installer sur un banc pour lire un livre. Même là, c'était trop venteux, mais ça valait mieux que d'être projetée contre les madriers anguleux et déchiquetés du brise-lames et d'avoir la peau toute râpée. Miriam n'approuvait guère.

— On se tape tout ce chemin et on dépense de l'argent dans une maison au bord de la mer et toi tu vas fourrer ton grand bec dans un bouquin. Tu te crois trop bien pour nous. C'est pas vrai. Tu es simplement allergique au grand air.

La mer du Nord était devenue le premier ennemi de Lucy. George lui avait appris que de l'autre côté, c'était la Norvège. Et si l'on creusait un trou dans le sable, en ne s'arrêtant plus de creuser, on ressortait en Australie la tête en bas. Lucy avait décidé que, des deux hypothèses, celle de la Norvège était la plus conforme à la vérité. Par une après-midi estivale sur la côte orientale, alors que le ciel et la mer étaient gris et que le vent balayait la plage, Lucy s'était lancée. Elle s'était allongée sur le matelas pneumatique familial et elle avait pagayé aussi vite qu'elle avait pu, sachant que tout ce qu'il fallait, c'était ne pas tomber et ne pas se faire emporter par une vague. La mer du Nord ne voulait rien savoir. Elle la roulait en tous sens et la rejetait. Enfin, elle l'avait fait chavirer, si bien qu'elle s'était retrouvée agrippée sous le matelas pneumatique, la bouche pleine d'eau salée. Elle n'avait plus pied et, pour la première fois de sa brève existence, elle s'était sentie prise de panique. Mais le monstre n'allait pas engloutir Lucy. Elle avait nagé aussi vite qu'elle avait pu et elle avait atteint la rive plusieurs minutes avant le matelas. Personne n'avait remarqué son absence ; il est vrai que l'on remarquait rarement sa présence.

Ses sept frères lui adressaient à peine la parole. Miriam n'appréciait pas trop qu'ils lui parlent. En un sens, elle estimait que cela les avait rabaissés d'accorder la moindre attention à une petite fille au lieu de la réserver à leur mère. Pour Miriam, ses sept fils faisaient figure d'anges. Ils en étaient loin. C'étaient des porcs qui balançaient des bombes à eau par les portes entrebâillées, déchargeaient des pistolets à patate dans les yeux des enfants du voisinage, s'essuyaient le derrière sur les serviettes-éponges quand ça les embêtait trop de repérer le bout du rouleau de papier de toilette.

Quant à Lucy, elle ne s'était même pas sentie soulagée du malheur d'avoir sept frères aînés lorsque l'un d'eux — Noah, le plus méchant de tous — était mort. Comme Miriam continuait de se référer à ses sept fils alors qu'il n'y en avait plus que six, il était difficile pour Lucy de percevoir la mort de Noah comme l'une de ses grandes réussites. Toutefois, elle pouvait revendiquer l'événement, au moins partiellement.

C'était arrivé par une belle journée, pendant les vacances d'été, à l'ombre du plus grand pommier du jardin. Quand Lucy avait sept ou huit ans, il n'y avait pas de meilleur arbre pour l'escalade. Elle était assez grande pour se hisser sur le tronc, mais pas trop lourde, pas au point de mettre en péril les branches les moins grosses. Le tronc se divisait en deux, comme deux jambes en équilibre instable. On pouvait grimper indifféremment à l'une ou l'autre de ces jambes, mais Lucy aimait bien celle qui se prolongeait à l'aplomb de la pelouse. Elle avait la latitude de ramper tout du long et de sauter sur l'herbe moelleuse. Lucy n'avait pas peur et elle était enchantée de se jeter de tout là-haut. Parfois, pour compliquer l'exercice, elle plantait des objets dans l'herbe — une fourche, deux bêches, des planches ébréchées — afin d'aller sauter plus loin. Et quand ce défi ne lui avait plus suffi, elle s'était mise à sauter en arrière. Par ces longs étés, elle avait beau s'infliger quantité d'éraflures, de bleus et de coupures, elle n'arrivait jamais à se raisonner, à cesser ces jeux.

Lorsqu'elle ne se sentait pas d'humeur à sauter, Lucy rampait jusqu'à l'extrémité de la branche et s'asseyait à la fourche de plusieurs ramifications, en surveillant le monde à ses pieds. Lucy aimait bien les postes d'observation, non pas tant parce que cela lui plaisait de regarder mais parce que, dans une position soigneusement choisie, elle pouvait être à peu près certaine de n'être observée par personne. Parfois elle emportait un livre. *Pippi Longs Collants* et *Le Jardin secret* étaient ses préférés. Elle admirait Pippi la bagarreuse et compatissait avec la misérable Mary qui avait vécu en Inde avant de finir dans le Yorkshire.

Donc, par cette journée sans un nuage, Lucy lisait *Pollyanna.* Un instituteur le lui avait prêté mais pour le moment le livre la dégoûtait. Cette fillette, cette mauviette, ne savait jamais sur quel ton se plaindre et pourtant elle s'obstinait à vouloir chercher le bien partout, alors que c'était le mal qui était partout. Toutes les deux ou trois pages, Lucy interrompait sa lecture pour mieux se réinstaller dans les branches et secouer l'arbre, histoire de tenter sa chance et de transformer éventuellement quelques pommes mal accrochées en une manne tombée du ciel, bref, une aubaine. Les sept frères avaient pointé leur nez, de retour d'une partie de pêche avec les boy-scouts. Ils avaient été tout contents de repérer Lucy dans son nid de corbeau au-dessus du jardin. Sur l'ordre de Noah, ils avaient encerclé le pommier et l'avaient criblé de pierres pour faire chuter leur sœur. Lucy le savait, si elle sautait par terre, ils l'attraperaient. Mais si elle restait sur son perchoir, elle pourrait bien finir lapidée à mort, comme saint Étienne. Elle deviendrait un martyr chrétien mais ça n'irait pas, car elle avait décidé depuis quelques années qu'elle était athée. Si elle criait à l'aide, il ne se passerait rien : Miriam tenait une vente de charité à l'hôtel de ville et George, lui, n'était jamais là. Lucy avait aperçu là-bas dans l'herbe une pierre plus acérée, plus lourde que celles qui la frappaient déjà aux bras et aux jambes. Elle possédait quantité d'arêtes, de quoi se taillader les doigts rien qu'en la saisissant. Et rien qu'en la lançant, il y avait sûrement de quoi décapiter un éléphant. Or, à peine avait-elle remarqué cette pierre qu'une main s'était posée dessus. Les doigts épais de Noah s'étaient refermés sur cette arme, la soulevant de l'herbe. Il avait dardé sur sa sœur son regard clair pétillant de méchanceté. Lucy avait un peu battu en retraite sur sa longue branche. Puis, alors que Noah avait le bras levé, suspendu en l'air, et qu'il s'apprêtait à tirer, elle s'était lâchée de toutes ses forces. Dans une trajectoire parfaite, elle avait bondi du haut de l'arbre et atterri sur Noah. Noah s'était renversé en arrière pour s'empaler, pile entre les omoplates, sur un long clou rouillé qui dépassait de l'une des planches que Lucy avait plantées dans le jardin. Il s'était redressé avec une planche fichée dans le dos et, pour une fois, il en était resté sans voix. Ensuite il était retombé, en laissant la pierre lui échapper des mains. Ses cheveux blonds et bouclés étaient collés à son front par la sueur. Il avait les yeux grands ouverts, toujours fixés sur Lucy. Il était mort dans la nuit, à l'hôpital.

Je n'insisterai pas sur les ravages que cet acte avait provoqués chez les parents de ce magnifique jeune garçon. Qu'il me suffise de préciser qu'après ça, Lucy ne s'était plus donné la peine d'embêter aucun membre de la famille et qu'elle était restée dans son coin — mais l'envie de monter s'asseoir dans son arbre lui avait passé. Elle avait juste eu l'intention d'écraser Noah, pas de lui transpercer le corps. Par la suite, et contre les vœux du conseil municipal, George avait abattu le pommier chargé de toutes ses pommes à cuire, l'avait débité et transformé en un bûcher orange et crépitant. Le nuage de fumée avait-il enflé au point de lui faire monter les larmes aux yeux ? Lucy n'en avait jamais rien su. Elle ne regardait pas.

Au cours des trois années suivantes, Lucy n'avait pas ouvert la bouche. La dernière personne à qui elle avait adressé la parole, c'était l'infirmière qui l'avait accompagnée hors du service hospitalier, en la tenant fermement par sa petite main, le long d'un couloir qui sentait le malade et le désinfectant. Elle avait rassuré Lucy :

— Tu comprends bien que ce n'est pas ta faute, n'est-ce pas ?

Et Lucy avait répondu « oui, non, oui », car elle ne comprenait pas la question et ignorait quelle réponse l'infirmière avait envie d'entendre.

Après ça, elle n'avait plus proféré une parole, elle en était incapable, et la vie s'en était trouvée extrêmement simplifiée. À la maison, soit on ne s'en était pas aperçu, soit on en avait été soulagé. Depuis l'accident, les sept (six) frères avaient perdu leur appétit pour le sang de Lucy. À l'école, les professeurs la laissaient tranquille. Après tout, ils étaient voués à subir chaque année leur lot d'élèves bizarres. Les autres enfants chuchotaient sur son compte sans jamais trop s'approcher d'elle, car ils n'étaient pas sans savoir qu'elle avait le meurtre facile. Trois années s'étaient écoulées, silencieuses et bienheureuses. Ensuite, elle avait remporté le concours d'échecs junior du comté.

Le journal local avait préparé un article sur Lucy

le Génie Tragique et Muet. Il était une chose par-dessus tout que Lucy n'avait jamais pu tolérer, c'était les conjectures sur le compte de Lucy. Ces journalistes avaient couché par écrit leurs fantasmes sur sa solitude, sa quête des échecs comme un espoir, ultime et désespéré, de communication avec le monde et ce avec une complaisance dégoulinante, sans se poser la moindre question. Lucy s'était immergée dans les échecs justement parce qu'on n'avait pas besoin de parler. *Échec*, cela peut se dire rien qu'avec les yeux et les sourcils. Si certains pédants insistent pour employer le mot, on peut toujours se l'écrire sur le dos de la main. Ainsi, lors de la cérémonie de remise des prix, elle avait ouvert la bouche et distinctement prononcé dans le microphone, mais avec détachement, le mot « merci », comme si elle avait parlé tous les jours. Échec et mat. Sauf que là, elle n'avait acculé qu'elle-même. Après s'être remise à parler, il lui avait été impossible de redécouvrir le silence.

À l'école secondaire, Lucy s'était fait une amie, sa première et sa seule amie jusqu'à ses dix-huit ans, lorsqu'elle quitterait la maison. Elle s'appelait Lizzie. Lucy avait beau s'exprimer de nouveau, les autres enfants avaient décrété depuis longtemps qu'elle était bizarre. Lucy acceptait cette bizarrerie comme sa définition, et elle avait tout naturellement endossé son rôle d'amie des autres loufoques. Lizzie était aussi grande gigue que Lucy était courtaude. À onze ans déjà, elle était aussi grande que les plus grands des enseignants. Elle avait de longs cheveux plats et un visage étroit et triste. Leur rapprochement à toutes deux leur donnait une allure d'autant plus étrange, mais il est vrai qu'elles possédaient beaucoup de points communs. Lucy pratiquait le violoncelle et Lizzie le trombone. Parfois, elles jouaient ensemble, pendant la récréation de dix minutes entre les cours. Elles s'isolaient dans un coin de la salle de classe ou de la cour, et elles jouaient des duos tout simples, à partir de morceaux chipés à l'orchestre de l'école ou de chansons entendues à la radio. Elles formaient un vrai duo de monstres et, naturellement, les gens les dévisageaient, ricanaient, quelquefois les houspillaient. Mais personne n'avait jamais essayé de les en empêcher.

Elles n'avaient aucun motif de se plaindre. Rester dans leur coin leur plaisait. Les injures de ces péquenauds ne pouvaient les blesser. Elles s'étaient lancées dans maintes tentatives d'inventer leur propre langage, qui échouaient invariablement. Pourtant, en cours de français, elles caracolaient loin devant les autres élèves. Lucy et Lizzie lisaient *Astérix*, recopiaient des mots de leurs dictionnaires français, se parlaient en français. Quand le vocabulaire ou la grammaire leur faisaient défaut, elles inventaient et s'inspiraient de l'accent français de Debbie Harry dans l'émission *Top of the Pops*. Elles croyaient sincèrement parler la langue, mais Lucy se demandait tout de même si un Français aurait compris un traître mot de leurs propos.

Mais cela ne suffisait pas à Lucy. (Qu'est-ce qui lui aurait suffi ?) Ce langage secret ne l'était pas assez pour garantir une totale séparation d'avec les autres. Et de toute manière Lizzie était sans arrêt absente de l'école car elle était persuadée d'être malade. Tout au long de ces années, elle avait contracté cancer, arthrite, lumbago, grippe, méningite, goutte, fièvre dengue et j'en passe. Lucy savait que Lizzie n'aurait jamais pu attraper tout ça, mais elle en souffrait, comme si elle avait été réellement malade. Lucy était forte comme un bœuf et solitaire, sans son amie.

Si l'imagination de Lizzie vagabondait dans les pages du dictionnaire médical, la ferveur de Lucy se portait, elle, vers les atlas. Sous son lit, elle conservait la maigre collection de cartes et d'atlas de la famille, avec une lampe-torche. Chaque nuit, elle étudiait un pays, ses chaînes de montagnes, ses rivières et, surtout, sa langue. Un voyage de l'école au British Museum avait été la révélation de Lucy, son épiphanie. Elle avait découvert la pierre de Rosette, et compris le point faible de son éducation. L'alphabet romain. Avec leur signification cachée, les hiéroglyphes la narguaient, mais elle savait qu'ils recelaient un message à son intention. Le message, c'était qu'il lui fallait apprendre un langage qu'aucune personne de sa connaissance ne serait en mesure de déchiffrer — et encore moins de parler, cela allait sans dire.

Lucy avait quitté le Yorkshire et elle était partie pour Londres étudier le japonais. Elle avait choisi Londres car après sa petite ville éprouvante aux confins de l'Angleterre, aucun autre choix n'aurait pu s'imposer à elle, sinon son exact opposé, la capitale. C'est après mûre réflexion qu'elle avait opté pour le japonais. Le chinois exigeait l'apprentissage de plus de six mille caractères tandis que le japonais n'en employait qu'une palette de deux à trois mille. Jusqu'à ce stade, la Chine tenait la corde. Mais c'était la carte qui avait emporté la décision. Le Japon était un peu plus loin de l'Angleterre, et c'était là un argument de poids. Le Japon se situait à la plus grande distance possible avant le passage de l'autre côté du globe, au risque de se rapprocher à nouveau du pays natal, à moins d'obliquer vers l'Australie, mais ça ne comptait pas car là-bas on parlait l'anglais. Il n'y avait pas eu de larmes, rien que du soulagement de part et d'autre. Presque tous ses frères avaient déjà quitté la maison, ce qui avait contraint Lucy et Miriam à une promiscuité gênante. Deux ans plus tôt, George était mort de chagrin à cause de Noah, dans les bras d'une femme qui n'était pas Miriam. La messe était dite.

À l'université, Lucy avait découvert, chose passionnante, qu'avec son régime antérieur à base de bâtonnets de poisson, de gâteaux de la marque Eccles ou même de pommes à cuire crues, son corps fonctionnait moins efficacement qu'avec une dose régulière d'alcool et de sperme. Du coup, elle se sentait plus saine, plus heureuse, et plus intelligente. Elle jetait son dévolu sur des hommes déjà saouls au moment où ils tombaient sur elle, et comme ça ses yeux étranges ne les rebutaient pas. Elle avait découvert que ses yeux donnaient à l'ivrogne matière à se concentrer. Et puis ses notes grimpaient en flèche. Elle rencontrait de plus en plus de facilité dans l'apprentissage du kanji moderne et prenait un plaisir croissant à tracer ses idéogrammes. Après trois années et beaucoup de sexe, Lucy était à peine capable de se rappeler les prénoms de ses sept (six) frères et se considérait comme prête à passer ses examens.

Elle n'avait pas contacté Miriam. Elle avait décidé de n'adresser la parole à sa mère que si Miriam l'appelait ou lui écrivait la première. Or, celle-ci s'en était toujours abstenue. Et donc, quand Lucy avait abandonné sa confortable résidence universitaire, en partance pour le Japon, aucune explication ne s'était avérée nécessaire.

Elle avait trouvé un appartement et travaillé pour plusieurs sociétés, à l'édition de documents, à la traduction de présentations et de manuels scolaires. Enfin, voici quatre ans, elle avait pris son poste actuel. Elle était devenue traductrice et éditrice au sein d'une petite maison de traduction de documents destinés à l'industrie. Sans aucune connaissance en ingénierie, en électronique, ou même en électricité — en dépit de sa naissance sous une ampoule que l'on était en train de changer —, Lucy avait passé ses journées à tourner des phrases japonaises en anglais, à tordre les mots pour que leur suffixe devienne leur préfixe, qu'apparaissent articles et pluriels, et que des termes vagues deviennent précis.

C'est ici que mon récit tend vers son heureux dénouement.

Tokyo représentait pour Lucy plus qu'elle n'aurait pu espérer. Trop vaste pour qu'on l'y retrouve jamais, trop bruyant pour que l'on soit tenu d'y écouter quoi que ce soit, trop cher pour que l'on se soucie d'épargner. Et sous ce chaos, un cœur qui bat, calme et silencieux. Un organe qui pompait le sang dans les artères de centenaires voûtés, de petits prodiges de la Nintendo âgés de trois ans, d'employés de bureau qui n'avaient ni le temps de prendre leurs repas, ni celui de dormir, et d'étudiants qui avaient devant eux tout le temps du monde.

Teiji s'était endormi avant que j'aie fini. En fait, à peine avais-je commencé qu'il s'était endormi. Je le savais, mais je ne m'étais pas arrêtée car je m'étais aperçue que mon histoire devenait pour lui une agréable berceuse. Je ne le croyais pas assez grossier pour s'assoupir. Il l'avait compris dès que j'avais pris la parole : sa question resterait sans réponse, tout au moins ce jour-là. Et c'était aussi bien. S'il avait su que j'étais une assassin d'enfant, peut-être aurait-il cessé de m'aimer.

[illegible] représentait pour l'aviateur plus qu'elle [illegible] trop [illegible] il n'y re- [illegible] jamais, trop heureux pour que l'on soit venu [illegible] que ce soit trop [illegible] pourquoi que l'on se soucie d'y penser. [illegible] ce [illegible] qui [illegible], calme et silencieux. [illegible] quelque part le [illegible] de cent autres [illegible], de petits [illegible] de la Hollande [illegible] qui n'avaient [illegible] leurs repas, [illegible] qui avaient observé eux tout le temps du monde.

Tout s'était [illegible] aussi que j'avais fini. [illegible] petite avait [illegible] commencé qu'il s'était [illegible] de la [illegible], mais [illegible] question [illegible] je ne le croyais pas assez [illegible] pour s'assoupir. Il avait compris dès que j'avais pris la parole ; sa question restait sans [illegible] au moins [illegible]-là. Et c'était aussi bien. S'il avait su que j'étais une assez [illegible] de ma [illegible].

4.

Kameyama a calé ses coudes sur le bureau et croisé les doigts sous le menton.

— Je vous ai posé la même question dix fois. Permettez-moi de la répéter. Pourquoi vous êtes-vous disputée avec Lily Bridges ? Que s'est-il passé qui a provoqué cet incident dont votre voisine a été le témoin ?

— J'étais en colère. Je vous l'ai dit.

— Pourquoi ?

Je ne veux pas mentir. J'aime bien être sincère, mais toutes les vérités que je pourrai prononcer me causeront des ennuis, donc l'honnêteté est exclue.

— Pas grand-chose. Une bêtise.

La journée où j'avais piloté Lily dans sa recherche d'appartement m'avait laissée mal à l'aise. Elle m'avait rappelé mon enfance et m'avait amenée à me demander où j'en étais. Teiji était arrivé chez moi tôt dans la soirée. Il s'était écoulé quelques heures depuis que j'avais quitté Lily, et j'avais quasiment retrouvé mes points d'ancrage dans Tokyo. Lily m'apparaissait peu à peu comme un étrange fantôme du passé. Je ne comprenais pas pourquoi j'avais évoqué cette randonnée. Je regrettais de l'avoir invitée, j'espérais qu'il pleuvrait et que cette excursion serait annulée.

Teiji avait pris une douche. J'avais écouté l'eau lui ruisseler sur le corps, quelques coups et tintements, lorsqu'il attrapait le savon ou le shampooing, le contact de ses pieds sur le sol quand il est sorti. J'ai entendu la serviette aller et venir contre sa nuque, son dos, ses jambes. Il s'est éclairci la gorge, deux ou trois fois. La bonde a émis un gargouillement et la porte de la salle de bains s'est ouverte. J'ai levé les yeux sur lui. L'eau s'écoulait de ses cheveux noirs comme si elle avait perdu ses propriétés humides, comme s'il s'agissait de gouttes de mercure. En deux coups de serviette, ses cheveux étaient presque secs. Et là-dessus il est venu à moi, poser sa tête sur mes genoux. Il a levé un œil tandis que je caressais sa chevelure. L'autre œil était pressé contre ma cuisse. Il a tendu un bras et cherché à tâtons son appareil photo sur le sol. Ses doigts s'en sont saisis. Il l'a soulevé et, sans déplacer la tête, il a observé mon visage par le viseur, a déclenché le déclic du bouton argenté, m'a souri. Il s'est passé l'appareil autour du cou, à sa place. Je me suis penchée et je l'ai embrassé.

Mais les mots de Lily pesaient lourd dans mes pensées et je n'ai pu me résoudre à les taire.

— Teiji, pourquoi prends-tu tant de photos ? Tu ne les vends pas. Tu ne les accroches même pas sur tes murs.

Il a gardé le silence un instant. Puis :

— Elles ne te plaisent pas ? J'essaie de te donner celles que tu vas aimer, il me semble.

La voix de Teiji me revient, faiblement, mais elle est là, dans mes oreilles.

— Oui, merci, elles me plaisent. Mais il y en a tellement d'autres. Je ne comprends pas pourquoi.

— Je les prends, c'est tout. C'est une habitude.

— Mais tu n'as aucun but, en fin de compte ?

— Je les collectionne.

— Pourquoi ?
— Ma collection.
— Teiji, c'est quoi, ta collection ?
— Toutes mes photos.
Il a changé de position, pour s'asseoir à côté de moi, les jambes de part et d'autre des miennes. L'appareil s'est balancé vers l'avant et m'a heurté la nuque.
— Tu veux que j'arrête de prendre des photos ?
— Non.
J'aurais préféré ne pas engager cette conversation. Foutue Lily, qui me poussait à remettre en question la chose même qui m'avait attirée vers Teiji. Il n'avait pas de réponses à m'apporter. Cela, je le savais déjà.
— Parce que je ne voudrais pas.
— Je sais.
— Pourquoi parlons-nous de tout ça ?
— Je n'ai absolument pas envie que tu t'arrêtes de prendre des photos. Je me demande simplement pourquoi tu n'essaies pas d'en tirer quelque chose.
— Comme quoi ?
— Je n'en sais rien. Comme de les vendre.
— Je n'en ai pas besoin. Si j'avais besoin d'argent, je les vendrais, mais je ne les vends pas car j'ai un bon métier qui m'en rapporte suffisamment.
Une heure plus tard, Teiji avait filé au restaurant prendre son service du soir. Je restais comme une idiote d'avoir entamé une pareille conversation, aussi stupide. Mais quelque chose me tracassait, et ce n'était pas seulement les questions de Lily sur ce que Teiji fabriquait avec ses clichés. C'était la pensée de ces deux boîtes dans son appartement. Des piles et des piles de photographies qui rendaient compte de toutes ces années de sa vie, peut-être depuis son tout premier appareil. Il ne m'en montrait jamais aucune. Je ne comprenais pas pourquoi et je ne cessais de m'interroger là-dessus. À l'occasion, il me donnait des clichés contenant des images de

Lucy, mais rien d'avant Lucy. J'en savais si peu sur Teiji.

Que savais-je, en réalité ? Que le destin avait à la fois conduit Teiji vers la photographie et vers son bar à nouilles. Je connaissais certains faits le concernant. Il avait grandi près de Kagoshima, à l'extrême sud de Kyushu, la plus méridionale des grandes îles du Japon. Il était né dans l'ombre du Sakurajima, un volcan actif sur une île voisine, qui crachait une fumée noire avec un grondement sourd, comme une autoroute lointaine, la nuit. Jusqu'à l'âge de neuf ans, il avait pris cela pour le comportement normal des montagnes, et il avait vécu dans le seul espoir d'assister un jour à une éruption majestueuse. En attendant, il passait ses journées à sillonner la campagne sur une vieille bicyclette. Sa mère lui préparait son repas de midi. Elle modelait du riz chaud en gros triangles, y logeait une prune acide et les enrobait d'une enveloppe d'algue noire. Quand le tout avait refroidi, il les fourrait dans ses poches, partait sur les routes de campagne, fonçant tous azimuts, mais sans que l'île volcanique soit jamais très loin, toujours en vue. Pour fêter sa première journée au collège, le père de Teiji lui avait offert un vieil appareil photo, et il l'emportait avec lui dans ses longues virées à vélo. Il le portait suspendu autour du cou et l'appareil bringuebalait à chaque coup de pédale. Il prenait des photos du volcan sous tous les angles.

Son autre sujet favori, c'était l'eau. Il s'aventurait au bord de la mer et ôtait ses souliers pour faire trempette. Teiji n'arrivait jamais à croire tout à fait en l'existence de la fumée et de l'eau, et il était persuadé que s'il les photographiait, elles n'apparaîtraient pas sur l'image. Il prenait des photos de ses orteils à travers la surface ridée, et s'attendait à ne retrouver après coup que leur image, sans celle de l'eau. Quand les photos étaient développées, il se ruait à la boutique pour aller les récupérer. Ensuite il les emportait au bord de la mer pour comparer le cliché à la réalité. Parfois, il était incapable de décider laquelle était l'image et laquelle la réalité. Il savait qu'il allait devoir accumuler davantage de prises de vue, jusqu'à découvrir la réponse. Bientôt il avait oublié l'île volcanique, même si elle était toujours là, crachant des colonnes de fumée dans le ciel.

Teiji avait quatorze ans quand son père était mort. Teiji et sa mère étaient partis s'installer à Tokyo, où le frère de sa mère tenait un bar à nouilles. Sa mère avait commencé de travailler là-bas et Teiji l'aidait le week-end. Il était fluet, mais fort, et il s'était montré d'une grande aide pour déplacer les cageots et soulever le mobilier quand il fallait balayer par terre. Mais il ne pouvait se passer de la présence de la mer, et souvent il descendait sur la baie de Tokyo. Dans la journée, l'eau était grise, et noire la nuit. Il s'aventurait dans des couloirs de béton et de néons, troublé par l'immensité des immeubles, par la multitude. La ville bougeait comme une eau épaisse et sale, mais Teiji était incapable de remonter à la source. Il arpentait les rues nuit et jour, espérant saisir une réponse avec son appareil. À dix-sept ans, il avait laissé tomber le lycée et s'était mis à travailler dans le bar à nouilles à plein temps. Il parlait peu avec sa mère et son oncle, mais il travaillait dur et personne ne se plaignait de lui. Là-dessus, sa mère était morte.

Voilà l'histoire que Teiji m'avait racontée, par une autre nuit sombre, non sans quelques enjolivements de mon cru. Il subsistait beaucoup d'aspects dont il ne m'a jamais fait part. Sa mère lui manquait-elle ? Peut-être. Les cartons dans sa chambre contenaient des photographies de toute sa vie. Mais il ne me les montrait jamais, et maintenant que je trouvais enfin le courage de jeter un coup d'œil à la dérobée, en secret, dans ces malles au trésor, j'envisageais de fouiller en quête d'autre chose. Je n'avais pas vu les photos qui me parlaient de son enfance.

Telles étaient les histoires que j'avais dans la tête.

Qui peut dire où je suis allée les puiser ? Au début, elles me suffisaient — il était la statue magique que j'avais dénichée dans Shinjuku et il était parfait — mais à présent j'en voulais davantage. Il subsistait quantité d'années manquantes. Je voulais voir ses photographies, ouvrir les boîtes.

Bien sûr, une fois que l'on a une idée en tête, il est impossible de s'en défaire. Je savais que je verrais ces photos, aussi ai-je décidé de m'épargner des heures ou des semaines de tourments, et d'agir immédiatement. Environ vingt minutes après le départ de Teiji, je m'étais mise en route pour son appartement. Il cachait une clef de secours dans une fissure du mur à côté de la porte de l'immeuble. Je l'y avais prise et m'étais introduite chez lui.

J'étais allée droit vers les boîtes. J'étais tendue. D'une certaine manière, dans sa chambre j'étais chez moi — j'en connaissais tous les coins et recoins, les moindres taches et les moindres mouchetures — mais à d'autres égards j'étais en territoire interdit. Sous les rabats des cartons, il y avait des enveloppes et des chemises remplies de photos, le tout en piles bien nettes. La première boîte contenait des photos de son enfance. Pour le moment, elles ne m'intéressaient pas trop. J'ai refermé cette boîte et je l'ai repoussée contre le mur. Le contenu de l'autre boîte composait une chronique de sa vie depuis son arrivée à Tokyo. Sur le dessus étaient posés les clichés qu'il avait pris de moi. J'imaginais que ceux du fond constituaient ses tout premiers trésors, ses dernières périodes au lycée, ses premiers temps au restaurant de nouilles. J'ai fouillé vers la couche intermédiaire, car je n'avais aucune envie de rien savoir sur son arrivée ici. Je voulais prendre connaissance de ses années à Tokyo, dans cet intervalle de temps avant qu'il ne rencontre Lucy.

Il y avait là ses photos habituelles de l'eau, ses

scènes de trottoir, de gares et de tunnels. Ensuite j'ai trouvé ce que je cherchais, je suppose. Une photo d'une jeune femme. Elle regardait l'objectif à travers la fenêtre d'un bus. Elle avait un visage doux et rond, des yeux profondément enfoncés dans leurs orbites et une coupe au bol dont les mèches venaient lui effleurer le menton. Elle aurait pu être jolie, c'était l'impression qu'elle donnait, mais elle lançait vers l'appareil un regard noir, les yeux fatigués, furieux. Était-ce l'amoureuse de Teiji avant qu'il ne tombe sur moi ?

Il y avait d'autres photos d'elle. J'ai suivi sa trace, en remontant le temps jusqu'à la première image. Ce que j'ai vu m'a électrisée. Elle était en scène, pour une pièce de théâtre. Le cliché avait dû être pris depuis le fin fond du théâtre, car sous les projecteurs elle ne formait qu'une silhouette minuscule. Elle portait un uniforme de soldat et un fusil sur l'épaule. Elle avait la bouche ouverte, dans un cri silencieux. La scène était petite, et elle était la seule comédienne. Les murs du théâtre étaient noirs. Je me demandais ce que Teiji fabriquait là. Était-il présent parce qu'il la connaissait, ou parce qu'il avait envie de voir la pièce avant, ensuite, de la découvrir, elle ? Il ne m'avait jamais évoqué son intérêt pour le théâtre, mais s'il l'avait rencontrée plus tôt, il aurait dû exister une photo plus ancienne. Avant le soldat, il n'y avait rien, juste quelques clichés d'un homme dans le bar à nouilles, qui souriait avec raideur à l'objectif, les yeux mouillés, rougis.

Je l'ai suivie plus avant. Il y avait plusieurs autres photos d'elle prises dans des théâtres. Elle portait différents costumes, mais il était difficile de discerner son visage. Et encore d'autres clichés, dans des cafés, des parcs, des fêtes, au bord d'une rivière. À mesure que je les passais en revue, je me suis aperçue qu'il y en avait de moins en moins où elle était en scène, et de plus en plus dans des soirées, où on la voyait assise sur des tatamis râpés ou sur un lit.

De photo en photo, son visage s'empâtait et gagnait en pâleur. Ensuite il n'y avait plus eu que des fêtes. Elle finissait par avoir un air triste, de plus en plus triste. Ses vêtements près du corps étaient froissés, tachés. La dernière image qu'il m'a été donné de voir montrait une femme allongée face contre terre, sur un trottoir, la tête sur le côté. Elle avait les commissures des lèvres relevées. Elle devait sourire ou grimacer. Je ne savais que penser. Je me demandais ce qu'elle pouvait bien fabriquer. Elle devait être saoule.

— C'est personnel.

Teiji s'était exprimé d'une voix monocorde. Il était entré dans la pièce sans un bruit — ou alors j'étais trop absorbée pour l'entendre — et il se tenait debout, derrière moi.

Je n'avais pas de réponse. J'étais prise la main dans le sac. La seule chose que je pouvais lui dire, c'était que j'étais désolée, mais en réalité je ne me sentais pas confuse d'avoir regardé, seulement de m'être fait prendre. Je me suis levée, sans parvenir à soutenir son regard.

— Je sais. Je n'aurais pas dû.

— Nous n'avions pas un seul client, alors j'ai eu ma soirée libre. J'allais t'appeler.

J'ai haussé les épaules.

— Maintenant tu n'en as plus besoin.

— Non. Je n'en ai plus besoin.

Il s'est décalé pour venir se placer face à moi, me regarder droit dans les yeux.

Je croyais avoir tout gâché. Pendant quelques instants, il ne m'a rien dit. Maintenant que j'avais vu cette femme, l'actrice, il me paraissait changé. Ses yeux semblaient plus noirs, ses cheveux plus épais, ses os plus nettement dessinés. Il avait pour ainsi dire gagné en netteté. Je lui ai retourné son regard, j'ai attendu qu'il parle.

— On n'a qu'à rester. Allez.

Il a repoussé la boîte ouverte dans un angle. Il m'a

attirée vers le lit et s'est assis à côté de moi. Quand il m'a attrapée par le menton et m'a regardée, son visage avait une expression de tristesse. Je pense qu'il se sentait mal de m'avoir prise sur le fait. Il était sûrement en colère, mais il se sentait aussi désolé pour moi. Il m'a observée quelques minutes. J'ignorais ce qu'il observait, mais je m'inquiétais de ce qu'il pouvait déceler.

Je ne parvenais pas à me sortir de l'esprit cette femme au visage renfrogné. J'avais besoin de le questionner.

— Qui était-ce ?

— Sachi.

— Où est-elle, maintenant ?

— Je l'ignore. Elle est partie.

— Elle s'en est allée comme ça, tout d'un coup ?

— Nous avons rompu. Elle est partie. Je n'essaie pas de la retrouver.

Il a lâché un profond soupir.

— Lucy, je t'ai trouvée et je ne pense plus à Sachi.

Je n'ai pas prononcé un mot. Il m'était difficile de le croire quand j'étais certaine que moi, je n'aurais jamais cessé de penser à elle.

— Quand c'est fini, c'est fini. Tu te tournes vers l'après. Et puis je t'ai trouvée.

Nous avons fait l'amour mais j'ai été incapable d'y prendre du plaisir. Je me sentais coupable parce que j'avais fait irruption dans l'appartement de Teiji, et plus coupable encore parce qu'il ne montrait pas sa colère. Et surtout j'ai été incapable de prendre du plaisir car je n'ai pas cessé, d'un bout à l'autre, de voir le visage malheureux de Sachi.

Le lendemain matin, le temps était clair et ensoleillé, et donc l'excursion ne serait pas annulée. À présent, Lucy était contente. Ce serait bien de voir d'autres personnes, de s'éloigner de Tokyo et de Sachi. Je conservais ma méfiance vis-à-vis de Lily, mais ce sentiment était presque effacé par mon désir de revoir Natsuko. Souriante, toujours calme, parfois autoritaire, telle était Natsuko.

À Tokyo, Natsuko avait été ma toute première amie. La deuxième dans la vie de Lucy, après Lizzie, la joueuse de trombone à la longue figure. Dès mon arrivée, nous avions commencé de travailler ensemble. Quand Natsuko avait trouvé un meilleur poste au sein d'une autre société, elle avait déployé tous les efforts possibles et imaginables pour m'y assurer une place. Cela lui avait demandé trois années et depuis lors nous y étions employées toutes les deux. Natsuko est à peu près de mon âge et elle est bilingue. Elle parle anglais avec un accent parfois australien, parfois américain, car elle a beaucoup voyagé étant enfant. Selon les moments, elle a l'air d'une Allemande, ou encore d'une Irlandaise. Elle a le visage rond, avec des fossettes, et même quand elle ne sourit pas, ses lèvres épousent le contour d'un sourire. Cela m'a souvent étonnée. Elle a l'air perpétuellement heureux, de la même façon que j'ai l'air, moi, perpétuellement sombre, car même lorsque je souris, ma bouche reste immobile. C'est pour moi un effort d'étirer les lèvres pour sourire et rendre les gens heureux, alors qu'en réalité, en mon for intérieur, je suis bel et bien contente.

Nous déjeunions tous les jours ensemble. Bentos de riz, poisson, algues, boîtes de thé vert. Parfois nous parlions de notre travail, de nos week-ends. Souvent, nous ne trouvions aucun sujet de conversation, mais nous restions quand même assises côte à côte parce que c'était assez agréable. Une fois par mois environ, nous effectuions ensemble une sortie en montagne, où nous partions en randonnée pour la journée. Sur le chemin du retour, nous nous arrêtions à une source chaude, nous nous mettions toutes nues, et nous abandonnions nos muscles fatigués au picotement d'une eau mousseuse.

Je considérais Natsuko comme une constante de mon existence. Elle ne me questionnait jamais sur ma vie privée. À l'occasion, elle me parlait de la sienne — une succession de petits amis insatisfaisants, son désespoir de ne pas pouvoir quitter la maison de ses parents parce qu'elle n'avait pas les moyens de louer un appartement —, non sans me ménager suffisamment d'espace pour me permettre de l'alimenter spontanément de détails piquants sur ma propre existence. Seulement je m'en abstenais. Non que je me sois défiée de Natsuko ou que je me sois sentie mal à l'aise, mais j'aimais tout ce qu'elle était. Je n'avais pas envie de gâcher cela en lui parlant de moi.

Lorsque j'avais intégré cette société, Natsuko m'était venue en aide et elle était là, à mes côtés, tous les jours. Elle me prêtait crayons et dictionnaires. Elle m'apprenait le kanji moderne et l'argot japonais. Et voilà qu'à présent elle n'est plus si sûre de Lucy. Elle se demande probablement pourquoi je ne lui ai jamais parlé de moi, ce que je lui cache, et du coup elle m'évite. Être ignorée m'est égal. Cela peut supprimer tant d'obstacles et tant de motifs d'irritation dans la vie de tous les jours. Mais je suis un peu déçue par Natsuko, je ne saurais le nier.

Toutefois, à l'époque, elle m'a été bénéfique. Elle m'a aidée à trouver mon boulot, et aussi le quatuor à cordes, ce dont je lui serai éternellement reconnaissante.

Je suis arrivée à Shinjuku. C'était tôt le matin, mais une grande animation régnait déjà dans la gare. Des messieurs en costume embarquaient à bord des trains pour aller travailler, alors que nous étions le week-end. Quelques personnes, dans des vêtements de travail chiffonnés et qui sentaient la fumée, rentraient chez elles après une nuit de fête, fatiguées et l'air flapi. Je suis passée devant un groupe de lycéens qui portaient sur leur épaule des épées de kendo dans leur fourreau. J'ai cherché Lily, espérant plus ou moins qu'elle se soit réveillée trop tard. Mais elle était là, avec Natsuko et deux autres personnes. Lily avait invité Bob. Bob avait amené son collègue, Richard. Natsuko était au milieu du groupe, occupée à se présenter aux autres, rayonnante.

— Salut, Lucy. Je suis tellement contente que tu aies invité tous ces gens. On va drôlement s'amuser.

Aujourd'hui elle s'exprimait avec l'accent australien. Entre six et dix ans, elle avait habité à Melbourne. Toute activité amusante ou remuante faisait resurgir son accent australien. Au travail, elle avait tendance à parler à l'américaine. J'imagine que c'était d'avoir fréquenté l'université à New York, où elle avait aussi étudié la traduction.

— Salut, Luce, m'a lancé Bob. Alors c'est toi qui conduis cette expédition en montagne ? J'espère que tu as apporté des provisions, au cas où on se perdrait.

— Ne plaisante pas, lui ai-je répondu. Tu ne me connais pas assez bien. Si c'était moi la responsable du groupe, nous aurions toutes les chances de finir dans un précipice, ou de périr dans un glissement de terrain imprévisible. Le désastre est toujours sur mes talons. Non, pour cette journée, notre navigatrice, c'est Natsuko, et elle est très forte. Elle connaît les meilleurs itinéraires et tous les sentiers à l'écart, loin des foules.

— Le temps est dégagé, donc nous devrions avoir une vue sur de beaux panoramas, a remarqué Natsuko. Je suis impatiente d'être là-haut. J'ai besoin d'exercice, moi aussi. J'ai bu comme un trou tout ce mois-ci, et mon lycra est au bord de l'explosion.

Elle a relevé son T-shirt de quelques centimètres pour prouver ses dires et elle a éclaté de rire. Richard et Bob ont immédiatement distendu leurs habits pour mettre à nu leurs panses. Au milieu des fanfaronnades et des taquineries, une voix fluette s'est fait entendre.

— Est-ce qu'on verra le Fuji-yama ?

J'avais oublié Lily. J'ai été surprise qu'elle ait entendu parler du mont Fuji, mais j'en ai conclu que remarquer certaines réalités du Japon ne demandait que quelques semaines.

— Oui, j'espère bien.

Natsuko a montré sa carte à Lily.

— Regarde. Le long du sentier, il y a deux ou trois belvédères. Si le ciel est dégagé, nous le verrons au moins deux fois. Il faut que tu le voies, tu sais. Pour toi ce sera une espèce d'initiation. Est-ce que tout le monde a bien emporté beaucoup d'eau et de quoi déjeuner ?

Elle nous a guidés jusqu'au train. La voiture était bondée d'autres randonneurs se dirigeant tous vers la même destination. La plupart étaient d'âge moyen ou carrément âgés. Quand Natsuko et moi partions en montagne, nous rencontrions rarement des gens de moins de quarante ans. Ce matin, c'était typique. Il y avait des groupes entièrement féminins et quelques autres groupes mixtes, mais pas un seul strictement masculin. Tout le monde portait des tenues de marche d'apparence coûteuse — chaussures en Gore-tex, cannes de montagne, sacs à dos rutilants et couvre-chefs de randonnée. Les femmes avaient des chapeaux mous à bords tombants. Les hommes étaient coiffés de casquettes pointues.

Notre groupe était équipé de manière moins professionnelle. Nous arborions un mélange de jeans et de leggings, de vieilles baskets, des T-shirts trop larges et pas de chapeaux, même si Richard s'était noué un bandana rouge sur la tête. J'étais contente que Bob et Richard soient là. J'étais d'humeur solitaire et il était bien plus facile d'être seule au milieu d'un groupe important qu'en trio. En sa qualité de mère poule, Natsuko était dans son élément, elle montrait la carte à Lily et lui indiquait où nous nous rendions.

Les montagnes verdoyantes de Yamanashi possédaient des contours tout en rondeurs, l'air embaumait la terre, la pluie et les pins. Pendant des mois, j'avais respiré celui de Tokyo qui exhalait les gens et le trafic. À l'arrivée au pied de notre montagne, je me suis sentie l'esprit léger.

— J'adore la campagne, s'est écriée Lily, en venant à ma hauteur. Tu n'as pas l'impression d'être redevenue gamine ? Andy et moi, nous allions tout le temps marcher dans les vallées et dans la lande du Yorkshire. C'était magnifique.

J'ai réprimé un cri. Quel besoin avait-elle toujours d'évoquer cet endroit de malheur? Comment allais-je pouvoir me concentrer sur Yamanashi si elle n'arrêtait pas d'exhumer je ne sais quels coins du Yorkshire à chacun de ses commentaires ? J'ai ponctué sa réflexion d'un hochement de tête de pure forme et je suis allée rejoindre Bob. Nous avons marché jusqu'à ce que la montagne devienne plus escarpée. Il y avait là de vieilles fermes aux jardins gorgés de fleurs lumineuses et quantité d'arbres au feuillage épais et très vert.

— Il me semble, m'a glissé Bob, que Lily prend ses marques. Grâce à toi.

— Franchement, je n'y suis pour rien. Trouver l'appart, c'était facile.

— Elle a davantage confiance en elle, maintenant. Et elle apprend le japonais. Elle m'a confié que c'était toi qui l'avais mise sur les rails.

— Eh bien, il fallait quand même qu'elle soit capable d'articuler une expression ou deux. Cela étant, Dieu sait qu'elle est assez bavarde comme ça en anglais.

Bob sourit.

— Tu es une bonne prof de japonais. Chez ce

dentiste, tu m'as aidé à me tirer d'une situation délicate. Comment vont tes dents ?

— Ça va. Les tiennes ?

— Encore un petit traitement. Ça sera bientôt fini, de toute façon. Ces arbres sont magnifiques.

Nous avions laissé les routes et les maisons et nous suivions maintenant un chemin de terre entouré de grands pins. Ils se dressaient, immobiles et silencieux, comme des statues qui respirent. Nous avons entamé notre escalade. Sur presque tout le chemin, un ruisseau courait à côté de nous, et nous avons dû le traverser à une ou deux reprises. Bob et moi nous épaulions mutuellement, et puis nous attendions les autres. À mesure que l'escalade devenait plus rude, les bavardages se réduisaient à des commentaires ponctuels, et puis au silence, mis à part le bruit des respirations et des pas. C'est la partie de la randonnée que je préfère, quand tous les mots et toutes les phrases ont été prononcés et quand, l'un après l'autre, chacun plonge dans ses propres pensées et dans ses rêves.

Au bout d'une heure ou deux, nous sommes arrivés à un sommet peu élevé. Nous pouvions voir à des kilomètres à la ronde. Des montagnes et des vallées lointaines, de petits villages et des champs de riz. Natsuko a consulté son guide.

— Nous devrions apercevoir le Fuji-yama là-bas, dans cette direction.

Elle a pointé du doigt une chaîne de montagnes plus élevées, dominées par un ciel bleu. Nous nous sommes agglutinés autour d'elle, mais sans parvenir à distinguer le moindre signe du Fuji-yama.

— Il est assez gros, a précisé Richard. S'il était là, nous le verrions. Le guide doit être faux.

— Non.

Bob a réglé ses jumelles.

— Simplement, il y a trop de brouillard. Je pense qu'aujourd'hui le Fuji-yama se cache.

Lily m'a posé une main sur l'épaule et elle a tendu l'autre devant elle.

— Ça, c'est quoi ?

J'ai regardé. Au-dessus de la cime des autres sommets s'étendait un espace vide. Mais plus haut dans le ciel, comme en suspens, on voyait le cône inimitable du sommet du Fuji-yama. On eût dit qu'il n'y avait aucune montagne au-dessous de lui, rien que la silhouette de ce pic perchée dans le ciel.

— C'est comme un fantôme, me suis-je écriée.

— Les montagnes ont des fantômes ? a demandé Natsuko.

— Je ne sais pas.

Richard s'est assis sur le parapet, il a ouvert son sac à dos pour le déjeuner.

— Et pourquoi pas ? C'est un volcan défunt. S'il peut être défunt, qu'est-ce qui l'empêcherait d'avoir un fantôme ?

— Il est éteint. Ce n'est pas exactement la même chose que défunt. La mort a une connotation personnelle, individuelle, qui appelle les spectres, a relevé Bob, sur un ton professoral. En japonais, c'est pareil. Le mot pour volcan éteint, c'est « shikazan ». Cela signifie volcan défunt, ou montagne de feu défunte. Je ne vois pas pourquoi il n'aurait pas son fantôme.

Natsuko s'est abrité les yeux du soleil pour mieux voir.

— À mon avis, tu vas t'apercevoir que c'est un effet de la lumière, a souligné Bob.

— Nous le savons, a reconnu Natsuko. Mais nous avons envie de croire à ce fantôme. De le regarder planer, tout là-haut. Il a quelque chose d'effrayant, de surnaturel. Quand je quitterai la maison de mes parents, une fois que j'aurai un endroit à moi, je veux avoir une vue sur le mont Fuji. C'est la chose la plus importante à mes yeux. J'aimerais assez pouvoir le regarder, le contempler, tous les jours. Je ne désire rien d'autre. Si j'avais ça, je serais certaine d'être heureuse pour l'éternité.

Je lui ai souri et je me suis tournée vers le pic perché là-haut dans le ciel. Chacun son tour, les autres en ont eu assez de ce spectacle, et se sont installés pour le déjeuner. Lucy, elle, ne pouvait en détacher son regard et se demandait quel genre de photo Teiji aurait prise s'il avait été là. Cette vision aurait pu être dessinée tout exprès pour lui. Lucy avait peine à croire qu'il ne soit pas avec elle. Ensuite elle s'est souvenue des photographies dans la boîte et elle en a ressenti une brûlure cuisante au visage.

— C'est personnel, lui avait-il signifié. Je ne pense plus à elle.

Sachi. Moi, je penserais à elle pour l'éternité. Ses yeux colériques, le visage de plus en plus blanc et de plus en plus bouffi à chaque photographie. Les fêtes où elle paraissait se laisser entraîner sans s'amuser, toujours loin des autres, vêtue de tenues sales et fripées.

Lily m'a offert un quartier de son orange. Je l'ai mangé en détournant à peine les yeux du ciel. Elle a changé de place, pour venir s'asseoir à côté de moi.

— C'est beau.

J'ai hoché la tête.

— Tu aimes vraiment le Japon, hein ?

— J'imagine. Oui, je crois.

— Tu penses rester ici indéfiniment ?

— Je n'en ai aucune idée.

L'image du volcan fantôme m'a paru vaciller et j'ai cligné des yeux à plusieurs reprises avant de finalement me tourner face à Lily.

— Pour le moment, je ne peux pas m'imaginer partir, c'est vrai.

Nous avons mangé en silence, en partageant des boulettes de riz et du thé barley.

— Teiji n'aime pas les montagnes ?

J'ai souri.

— Je crois que si, mais il préfère Tokyo.

Quand je me rendais quelque part avec des amis, je n'emmenais jamais Teiji. Je n'avais pas envie de partager cela avec lui. Je le retrouvais plus tard, dans les parties les plus sombres de la nuit, en pleine rue, près d'une gare déserte, ou dans l'un de nos deux appartements. Le retrouver à découvert, sous des lumières vives, c'était l'exposer au monde auquel je voulais le cacher.

Peut-être était-il étrange pour Lily que je passe du temps sans lui, car sa question suivante a été :

— Vous êtes proches ?

— Oui. Très proches.

— Mais vous ne faites pas tout ensemble. C'est sympa. Tu as de la chance, Lucy.

Ah oui ?

La descente a été rapide. Nous glissions et dévalions le sentier, en trébuchant parfois sur des racines et des cailloux. J'ai laissé mes pieds filer trop vite et je me suis pris la cheville dans une souche d'arbre. J'ai quitté le chemin en vol plané et j'ai atterri sur le flanc, la cheville repliée sous la cuisse. J'ai essayé de me relever mais la douleur m'a donné le vertige. Je me suis rassise, je me suis mordu la lèvre, tentative instinctive de déplacer la douleur vers un autre foyer.

Lily s'est précipitée auprès de moi.

— Bon. Attends, que je t'examine. Relève ta jambe de pantalon et baisse ta chaussette. C'est ça.

Elle a délacé mon soulier et m'a pris le pied dans les mains. Elle l'a palpé avec fermeté mais sans me faire aucun mal.

— Ce n'est pas cassé. C'est quand même une vilaine entorse. Laisse-moi te bander.

Le reste du groupe observait en cercle, debout. Bob m'a posé une main sur l'épaule, qu'il m'a serrée d'une légère pression.

— Ce n'est pas si méchant. Tout ira bien.

— Je sais. Je n'ai pas dit que c'était méchant.

Bob et Natsuko ont échangé des coups d'œil amusés. Je me suis rendu compte à quel point j'étais sur la défensive. Lily m'a donné un analgésique tiré d'un petit sachet dans son sac à dos, et un peu d'eau. Au bout de quelques minutes, j'étais prête à repartir à cloche-pied, lentement. La douleur était encore aiguë, mais le traitement réconfortant de Lily avait touché chez Lucy une corde autrement plus sensible. Sur toute la descente du haut de la montagne, elle avait senti irradier en elle cette chaleur que les mains de Lucy avaient dispensée à sa cheville tout le temps où, allongée par terre, elle s'était laissé bander et soigner. Ce qui l'avait touchée plus que tout, c'était la voix de Lily, d'un calme et d'une compétence si inhabituels. D'où provenait-elle, cette voix ? Lucy l'avait entendue auparavant, ailleurs.

— En situation d'urgence, tu te débrouilles drôlement bien, Lily. Tu as suivi un entraînement chez les scouts ou quoi ?

Bob était impressionné, lui aussi.

— Non, non. C'est parce que je suis infirmière.

— Infirmière ? Tu ne nous avais jamais raconté ça.

Bob était surpris, mais moi j'avais compris, dès que Lily avait répondu cela, que c'était parfaitement logique.

— Ah non ? Je n'avais pas l'intention de garder ça secret. Maintenant que je travaille dans un bar, le sujet ne vient pas tellement sur le tapis.

— Je suis contente que tu aies été là, ai-je dit avec sincérité. Même si ce n'est pas si méchant.

Au pied de la montagne, Natsuko nous a guidés par des petits chemins menant à une autre route, plus importante, et ensuite jusqu'à un onsen, une source chaude. Après une excursion assez longue et éprouvante, il n'y a rien de mieux que de s'immerger dans une eau de source de montagne riche en minéraux. Nous nous sommes séparés, hommes et femmes. Je suis entrée dans le vestiaire avec Lily et Natsuko.

Lily était mal à l'aise d'avoir à se dévêtir devant d'autres femmes, mais elle a osé car elle était encore plus gênée de son attitude maniérée qui la singularisait. J'estimais ses scrupules superflus. Elle avait un joli corps, mince et délicat, alors que Lucy est bâtie comme une citerne écrabouillée. Lucy se baignait en collectivité sans le moindre souci. Une fois protégée par l'eau chaude, elle a pris plaisir au fait de pouvoir prendre davantage d'espace que les autres femmes. Son corps occupait une plus grande surface au sol, grâce à quoi elle devait retirer plus de plaisir du contact du jet d'eau contre sa peau.

En rangs par trois, nous avons pris place devant les robinets pour le rituel des préliminaires du bain. Nous nous sommes douchées assises sur de petits tabourets en bois, et nous avons rempli des bols d'eau pour nous en asperger la peau. Lily nous observait, Natsuko et moi, pour s'assurer de reproduire exactement les mêmes gestes. Une fois que nous avons été lavées, j'ai tourné le robinet d'eau froide à fond et je me suis mitraillé la cheville jusqu'à ce qu'elle en soit presque engourdie.

Il y avait trois bains. L'un était à l'intérieur et déjà plein de monde. Des femmes y étaient allongées, bras et jambes étirés, les yeux fermés, la chevelure dégagée du visage grâce à de petites serviettes jaunes. Nous sommes allées dehors, où les deux bains étaient presque déserts. L'eau coulait de l'un à l'autre. Une colline s'élevait en pente raide juste derrière et, de là-haut, une maigre chute d'eau venait s'achever en ruisseau à proximité de ces deux bains. De toute part, on entendait la rumeur de l'eau.

Natsuko est entrée directement dans le bassin le plus chaud et s'est assise en se posant une petite serviette sur la figure. Lily l'a suivie, mais la chaleur lui a arraché un glapissement et elle a bondi au-dehors. Elle avait les jambes toutes roses, des genoux jusqu'aux pieds.

— Tu n'aimes pas ? lui a demandé Natsuko paresseusement, sous sa serviette chaude.

— J'aime bien l'idée.

Lily tournait autour, sans trop savoir quoi décider.

— C'est juste un peu chaud.

— J'adore. Si jamais j'avais un jardin à moi, je le voudrais avec une source naturelle d'eau chaude. Alors là, je serais heureuse pour toujours, a fait Natsuko, avec un soupir.

— Peut-être que celle-ci est à meilleure température, ai-je suggéré, et je m'en suis approchée.

En effet, mais de peu, et Lily m'a suivie dans le bain, avec prudence et hésitation, membre après membre, jusqu'à ce que seule sa tête dépasse.

L'air frais de la fin de l'après-midi était aussi réparateur que l'eau dans laquelle nous nous baignions, et j'ai fermé les yeux pour en ressentir les bienfaits avec plus d'intensité et pour écouter les bruits de l'eau. J'ai relevé ma cheville blessée afin de la poser sur le rebord du bassin. Naturellement, en l'espace de deux secondes, je pensais à Teiji et combien j'aurais aimé qu'il soit dans ce bain avec moi, sans personne alentour. Teiji ne faisait pas attention à mon apparence. Parfois, je me demandais même s'il savait de quoi j'avais l'air. Quand il me regardait fixement, il semblait scruter sous la surface de ma peau, mais j'ignorais ce qu'il pouvait y déceler. Cela m'était égal. Tant que je retenais son attention de cette façon, je m'estimais chanceuse. Avant que mon fantasme ne me mène au-delà de la pensée de Teiji plongeant sous l'eau pour venir trouver mes jambes sous ses lèvres, Lily s'est remise à parler.

— Je me demande ce qu'Andy penserait de tout ça.

— Peut-être qu'il apprécierait.

— Ça m'étonnerait. Il n'apprécie pas tellement ce qu'il ne connaît pas. Je commence à croire que moi, en fait, je n'aime que les choses que je ne connais pas. Drôle, ça. Il ne m'était jamais venu à l'esprit que nous étions si différents. Maintenant, cela me semble une évidence. Ça me plairait bien d'être comme toi.

J'étais sidérée et je l'ai dévisagée, certainement d'un air soupçonneux. Sous ses cheveux teints en roux, son visage était rose. Elle avait l'air de mal supporter la chaleur du bain.

— Non, vraiment. Tu as tout pour toi. Et tu es si douée. Tu crois que vous allez vous marier, Teiji et toi ?

— Je ne pense pas.

Et, sans avertissement, mes yeux se sont remplis de larmes. Avant que Lily ne remarque quoi que ce soit, je les ai un peu éclaboussés pour me donner une raison de m'essuyer le visage.

— Pourquoi non ?

Je me suis massé la cheville. La douleur commençait à s'estomper.

— Ce n'est pas une relation de ce genre.

Et aussitôt j'ai regretté d'avoir répondu ça. Je ne savais pas quel genre de relation c'était. Je n'y avais jamais réfléchi. Maintenant j'avais fourni à Lily le carburant d'une autre série de questions.

— En tout cas, ça va.

— Ce n'est pas une histoire durable, alors ?

— Ce n'est pas impossible, seulement je n'y ai jamais pensé de cette façon. Je veux dire, nous n'en discutons pas, parce que nous vivons déjà ce que nous avons envie de vivre.

— J'adorerais le rencontrer.

Peut-être devrait-elle le rencontrer, en effet. Ensuite je pourrais montrer à Teiji que moi aussi j'avais des amis. Qu'il ne m'obsédait pas au point d'éveiller en moi le besoin de forcer la porte de son appartement quand il était sorti et de fouiller dans ses affaires les plus personnelles. C'était arrivé, voilà tout, un événement sans lendemain, un coup de tête. Je n'avais rien raconté à Lily de tout ceci. J'avais le sentiment, simplement en m'allongeant là dans ce bain de vapeur et en laissant libre cours à mes pensées, qu'elle serait à même de les saisir. Elle s'est penchée vers moi et m'a entouré la cheville de ses doigts.

— Comment te sens-tu ?

— Bien. Juste un élancement.

— Ce soir, il faut que tu la laisses reposer. Applique une compresse et place ton pied en hauteur.

— Ça me paraît pas mal. Tu as toujours envie d'être infirmière ?

— Oui, toujours. Je n'ai jamais eu rien d'autre en tête.

— Pour l'instant tu travailles dans un bar. Infirmière, ça te manque ?

— Bizarrement, non. Mais je suis encore infirmière, et j'y reviendrai. Ce n'est pas parce que je n'exerce plus que j'arrête de me sentir comme telle. Tu sais, infirmière je suis, infirmière je serai, toujours.

— À soigner les gens, à recoller les morceaux.

— Oui.

Elle a souri et s'est aspergé les bras.

— Ce n'est pas ce que tu ressens pour la traduction ?

— L'inverse. Même si je travaille comme traductrice, je ne me sens pas traductrice. Je ne me conçois pas comme telle. Peut-être parce que je ne me perçois plus parlant deux langues. J'ai l'impression d'une seule grande langue sous plusieurs facettes.

— Le peu de japonais que je sache, c'est toi qui me l'a appris. Avec Teiji, tu parles anglais ou japonais ?

— Les deux. L'un ou l'autre.

— Ce soir tu le vois ?

— Nous n'avons pas évoqué la question. De toute manière, je vais être trop fatiguée. Cela étant, il n'est pas impossible que j'aille le voir à son travail, demain. Oui, à mon avis, je vais choisir cette solution-là.

— Tu m'as promis de m'enseigner tous les mots pour les différentes sortes de nouilles.

— Ah oui ?

J'ai saisi son allusion mais j'ai espéré qu'elle allait saisir la mienne et laisser tomber. Mais non.

— Je n'ai guère mangé de véritable nourriture japonaise. En général, je vais au McDonald's. Ce n'est pas l'envie qui me manque d'essayer la nourriture japonaise, simplement je ne sais pas quoi demander, ni comment le manger. Maintenant, cela me serait utile de le savoir.

Je me suis extraite de l'eau et j'ai posé ma cheville enflée par terre, prudemment, non sans appréhension. Ça allait beaucoup mieux.

— Très bien. Si tu veux venir. Je sortirai vers midi.

— Il faut que je vienne chez toi ? Si tu me dis où c'est...

— Ce serait idiot. C'est à l'opposé du restaurant de nouilles. Je te retrouverai à la gare de Takadanobaba.

Lily m'a dévisagée, atterrée de constater qu'un mot puisse être à la fois aussi étrange et aussi long.

— Je vais te l'écrire, l'ai-je rassurée, et je suis rentrée dans le bâtiment me chercher une serviette.

5.

Je fais craquer mes doigts, un par un. Fatigué d'attendre, Kameyama se redresse sur sa chaise avec un grognement. Je ne lui en veux pas. Je suis à même de mesurer toute la contrariété dont je suis la cause. Si seulement je voulais bien prêter attention à sa présence, il pourrait progresser un peu dans cette affaire. Mais je ne suis pas d'humeur à parler, pas encore. Le fait est là, j'ignore ce qui s'est produit cette nuit-là. Dans mon souvenir, cela reste un brouillard. Avant de pouvoir le lui raconter, il va falloir que je fasse resurgir tout ça, me le remémorer, élément par élément. M. Kameyama va devoir être patient. Oguchi joue maintenant avec son autre genou de pantalon, il le masse doucement, en suivant la couture. Son regard croise brièvement le mien et il se détourne. Je crois que l'horreur du crime que j'ai pu commettre commence à cheminer dans son esprit. J'attache mes yeux aux siens. Son visage devient écarlate et il cherche une question afin de rompre le silence, à laquelle je ne vais pas répondre.

Kameyama prend la parole :

— Bien. Essayons une autre question.

Oui, allons-y. Laquelle allons-nous essayer ? Quelle est ma couleur préférée ? Aucune. Est-ce que je préfère les chiens ou les chats ? Les chats, naturellement : je suis Lion. Combien de frères et sœurs ? Cela dépend du mode de calcul, et de qui l'on compte. Est-ce que j'ai déjà tué quelqu'un ? Oui, en effet. Il y a eu Noah. Et tant que j'en suis à parler de la mort, peut-être le moment serait-il judicieusement choisi pour rappeler la merveilleuse Mme Yamamoto, et ma période au sein de ce quatuor à cordes si magique, si important lors de mon arrivé à Tokyo. Mme Yamamoto, qui est morte.

— Avez-vous des passe-temps ?

En me posant cette question médiocre, Oguchi rougit. Kameyama chasse de l'air par la bouche, à mi-chemin entre un soupir et un sifflement.

— Non, aucun.

Et je me replie à l'intérieur de mon crâne. En revanche, côté timing, la question est parfaite. C'est ma recherche d'un passe-temps qui m'a conduite à frapper à la porte de Mme Yamamoto. Depuis ma rencontre avec Teiji, je n'avais plus besoin de passe-temps. Pratiquer l'ikebana n'avait aucun sens, quand je pouvais faire l'amour ou encore, dissimulée derrière un livre, l'observer en train de servir ses nouilles. Mais à mon arrivée au Japon je ne connaissais personne. J'étais contente de rencontrer des gens à travers un centre d'intérêt que nous partagions, une relation civilisée. C'est ma participation au quatuor à cordes de Mme Yamamoto qui m'a ouvert Tokyo, qui m'a apporté la certitude que j'étais là chez moi, même si cela me laissait une fois encore avec un cadavre sur les bras. Cette bonne vieille Lucy, si maladroite.

J'ai parlé à Teiji de mon passe-temps ce même soir où je lui ai parlé de mon enfance — de Lizzie, Noah et Rosetta Stone — alors qu'il dormait comme un bébé. Je le tenais contre moi et j'ai continué mon histoire car elle s'était révélée une berceuse efficace. Je n'avais pas encore envie qu'il se réveille, pas tant qu'il était là, dans mes bras, si fragile. Je n'ai jamais tenu de vrai bébé dans mes bras, mais ce soir-là j'ai pu me figurer ce que je ressentirais. Un apaisement des battements du cœur, une chaleur qui, je le savais, demeurerait logée au creux de mes bras longtemps après que je me serais réveillée et que je m'en serais allée. Je l'ai gardé là, je l'ai bercé, et je lui en ai raconté un peu plus, les versets entre les lignes, les aventures que j'avais vécues à Tokyo avant de le dénicher devant cette flaque, à Shinjuku.

Peu de temps après mon arrivée à Tokyo, on m'a offert un violoncelle d'occasion. J'avais évoqué mon passé de violoncelliste auprès d'une lycéenne à qui je donnais des cours particuliers. Deux semaines plus tard, la mère de cette élève se présentait à moi avec son vieil instrument en m'expliquant qu'elles n'avaient plus la place de le garder. J'étais touchée, mais un peu tendue. Je n'avais plus joué depuis des années et je me sentais une certaine responsabilité, de posséder subitement mon propre violoncelle. Je me suis exercée dans mon appartement quelques semaines, mais cela m'a mise en guerre ouverte avec ma voisine inculte. Si elle s'était simplement plainte, c'eût été facile. Je l'aurais ignorée et j'aurais poursuivi mes exercices. Malheureusement, elle n'a pas choisi de réagir avec maturité. Dès que je commençais, elle allumait son aspirateur. Elle ouvrait les portes et les fenêtres de son appartement et noyait la voix des cordes de mon violoncelle. Je suppose seulement qu'elle était en colère parce que le bruit infernal de mon instrument la privait du plaisir d'entendre les voitures, sur le macadam en contrebas, freiner et démarrer dans un crissement de pneus. J'ai renoncé.

Mais la musique m'était entrée dans la tête pour ne plus en ressortir. Au travail, je fredonnais des pièces que j'avais jouées il y a belle lurette à l'école. Je me les rappelais note pour note, mais pas les mélodies, rien que les parties de violoncelle. À mon avis, ça ne devait guère faire forte impression. Lorsque, à mon bureau, je fredonnais et sifflotais en ouvrant et en rabattant le couvercle du photocopieur en cadence avec mon fredonnement, mes collègues occidentaux se plaignaient et me lançaient des regards furibonds. Je savais que c'était agaçant — Lucy aurait lancé des regards noirs à quiconque aurait agi de la sorte — mais c'était plus fort que moi.

Natsuko m'a dit un jour :

— À mon avis, tu aimes la musique.

— À mon avis, tout le monde aime la musique. Mais j'étais en train d'apprendre quelque chose au violoncelle et maintenant je ne peux plus jouer.

Natsuko m'a parlé de Mme Yamamoto, sa vieille professeur de calligraphie, qui jouait du violon avec deux de ses amies. Mme Ide tenait le second violon et Mme Katoh l'alto. Elles jouaient ensemble depuis des années, mais leur précédente violoncelliste était morte d'une tumeur au cerveau. Elles ne donnaient jamais de concerts. Natsuko les jugeait bonnes musiciennes, sans ce brio qui eût pu m'intimider. Au début, je n'étais pas certaine qu'elles voudraient de moi. J'ai au bas mot vingt ans de moins que la plus jeune, Mme Ide. Mon japonais de conversation n'était pas encore terrible. J'étais capable de traduire les œuvres de Mishima et de Tanizaki avec une relative aisance, mais je rencontrais parfois des difficultés en achetant un timbre dans un bureau de poste. Et, bien entendu, je craignais de ne pas être à la hauteur de celle qui m'avait précédée. Elles avaient confié à Natsuko qu'elles seraient ravies de compter une violoncelliste au sein du groupe. J'ai répondu à leur messagère que je n'estimais pas très pratique de transporter un violoncelle d'un bout de Tokyo à l'autre, une semaine sur deux. Natsuko m'a apporté la réponse : Mme Yamamoto acceptait de l'héberger dans sa chambre d'amis.

Je me suis chargée d'emporter l'instrument jusqu'à la gare et j'ai pris la ligne Yamanote de Gotanda à Nippori. Je suis entrée dans une partie de Tokyo plus ancienne, plus silencieuse. Il y avait là de petites maisons délabrées, quelques temples anciens en bois, survivants stoïques du tremblement de terre du Grand Kanto et des bombardements de la Seconde Guerre mondiale. Je me suis arrêtée au cimetière de Yanaka pour consulter mon plan et m'accorder un bref moment de pause.

C'est un beau cimetière, un endroit qui vous allège le cœur et vous incite à chanter. Je me suis mise à fredonner *When the Saints Go Marching In*. Les tombes s'étendaient dans toutes les directions, des formes géométriques et grises, alignées en rangées le long d'étroits chemins. Il y avait là des obélisques, des lanternes de pierre, des pierres tombales plates. Des cerisiers et çà et là quelques pins bordaient ces chemins. Certaines des parcelles étaient spacieuses au regard de la taille des chambres allouées aux vivants dans certains quartiers de Tokyo. Il y avait des tombes à l'intérieur d'enclos de pierre à l'architecture élaborée, surélevés au-dessus du sol avec une ou deux marches d'accès. J'en ai trouvé une qui me plaisait particulièrement, j'ai calé le violoncelle contre une lanterne de pierre et je me suis assise sur la marche. J'ai été touchée de voir que devant la haute pierre tombale, une personne dévouée avait laissé deux jolis vases qui contenaient des orchidées violettes et blanches. J'ai essayé de lire les caractères qui formaient le nom du défunt, mais ils étaient trop obscurs pour ma connaissance du japonais. J'ai regardé autour de moi. J'ai aperçu une ou deux personnes, guère plus qu'un point au loin. Je me suis dit que ce serait très agréable d'être enterrée là — en ces lieux si paisibles, qui demeurent pourtant partie intégrante de la ville — et que mes os et mes cendres soient remis aux soins de ces gens aimables.

Un jour, Natsuko m'a raconté la crémation de son grand-père. Grand-papa avait coulissé dans le four comme une pizza sur sa pelle. Lorsqu'il en était ressorti, diminué de ses chairs, ses os tout démantibulés avaient été présentés aux membres de la famille. Les invités, munis de longues baguettes, avaient disposé les ossements dans deux urnes, l'une pour le temple et l'autre pour la terre. L'os le plus singulier de grand-père, c'était son nodobotoke, sa pomme d'Adam. Comme elle était en forme de bouddha, elle devait entrer dans une urne plus petite, pour être conservée dans son temple à lui. À la fin, un employé du crématorium équipé d'une petite pelle et d'une balayette avait rassemblé les cendres et les morceaux d'ossements restants. C'était la partie de la cérémonie qui avait bouleversé Natsuko. Son grand-père dans une pelle et une balayette.

Lucy ne verrait aucune objection à être brûlée et disloquée par ses amis, mais elle refuserait que ses restes soient confinés dans une urne. Elle préférerait être ensevelie directement dans la terre, sans cercueil, sans housse mortuaire, pour ressusciter sous la forme de vers et de larves qui se tortillent. Mais on ne nous accorde pas toujours le choix.

Une petite brise coupante est venue me mordre les lèvres et j'en ai eu les yeux tout humides. J'ai observé le ciel. Des corbeaux volaient en cercle au-dessus de ma tête et criaillaient tels de mauvais présages. L'un d'eux est descendu s'installer à côté de moi avec un bout de papier blanc dans son bec. Le temps d'un instant, j'ai cru qu'il portait un message, mais il n'a pas prêté attention à Lucy Fly et il a entrepris de becqueter et de déchiqueter le papier. Je me suis aperçue qu'il s'agissait d'un paquet de cigarettes et je me suis sentie bête. L'œil noir de l'oiseau lançait des reflets en tous sens mais ne s'intéressait guère à moi. Une fois qu'il eut extrait le papier argenté de l'intérieur du paquet, il a jeté le carton et s'est élevé dans le ciel. Au milieu de ses congénères, je l'ai perdu de vue.

Je n'avais pas envie d'arriver en retard pour ma première répétition, aussi j'ai de nouveau attrapé mon violoncelle par le manche et je me suis enfoncée dans ces rues étroites. J'ai suivi les indications écrites précises de Natsuko et je n'ai pas tardé à trouver l'endroit. J'ai ouvert le portail d'une maison de deux étages, avec un petit jardin moussu. La façade de la maison était couverte de glycine. Les feuilles encadraient le chambranle de la porte. Je les ai écartées pour trouver la sonnette, excitée à l'idée d'entrer dans une vraie maison. Pendant des mois, je n'avais connu que des appartements et des bureaux, et l'intimité confortable d'un véritable pavillon me manquait.

Mme Yamamoto m'a ouvert la porte et elle est apparue sur le perron, rayonnante, tout sourire. Elle avait des cheveux courts et argentés et portait des petites lunettes cerclées. Elle était grande et mince.

— *O jama shimasu*, me suis-je excusée. Je vous dérange.

J'ai retiré mes souliers et je l'ai suivie dans la pièce aux tatamis.

Deux femmes d'âge mûr étaient agenouillées au bout d'une table basse. À travers les portes en papier derrière elles, le soleil brillait. La femme assise sur la gauche a été la première à parler. Elle était râblée, un visage rond, avec une coupe de cheveux au bol.

— *Konnichiwa. Ide to moushimasu.*

Elle m'a adressé un grand sourire.

— *Hajimemashite*, ai-je répondu, en inclinant légèrement la tête.

L'autre femme a eu un sourire nerveux et s'est courbée à son tour.

— *Katoh desu. Yoroshiku onegai shimasu.*

Elle était petite, le cheveu gris et crépu, des traits d'oiseau. Elle a lancé successivement un bref regard à chacune de nous trois et j'ai appris par la suite que c'était chez elle une mimique naturelle. Elle était incapable de poser les yeux sur une personne ou un objet au-delà de quelques secondes, mais chacun de ses gestes ou de ses propos était suivi d'un petit rire nerveux, sauf quand elle jouait de son alto.

— Lucy *desu*, ai-je poursuivi. Lucy Fly. Fly Lucy. *Yoroshiku onegai shimasu.*

Je me suis agenouillée sur le tatami. Il était moelleux et dégageait un parfum printanier, mélange d'herbe et de poussière.

Mme Yamamoto nous a servi du thé vert et des gâteaux à la pâte de haricot rose sur un plateau en bois laqué. Nous nous sommes assises en silence dans le tintement de la théière et des tasses où l'on versait le breuvage. Pour moi, ce silence était un bon signe. Je me réjouissais du plaisir d'être avec autrui sans cette tension perpétuelle de la parole et de l'écoute.

Je n'étais pas au Japon depuis assez longtemps pour apprécier le goût amer du thé et la douceur écœurante de la pâte de haricot. Ce premier jour, chaque bouchée représentait un effort. Mais au cours des semaines qui ont suivi, j'ai commencé à associer cette saveur aigre-douce avec le plaisir pur du silence. En un sens, l'odeur du tatami et de la résine qui parfumait nos archets a fini par se mêler à cette douce amertume que je retrouve encore sur ma langue. J'ai acquis l'habitude de découper ce gâteau moelleux avec cette longue écharde de bois, de le manger par petites tranches entre deux gorgées de thé bien chaud, dans l'attente de ces heures de musique en commun.

Le premier dimanche, j'ai eu la surprise de voir Mme Ide et Mme Katoh boire leur thé pour ensuite scruter le fond de leur tasse. J'ai compris qu'il était poli d'agir de la sorte et je les ai imitées. Les tasses étaient toutes différentes. Mme Yamamoto en possédait une collection. Quand j'ai levé la mienne dans la lumière, des paillettes d'or ont miroité devant mes yeux et m'ont arraché un sourire. Je n'avais plus envie de la reposer. Ce que j'ai fait bien sûr, car la voix haut perchée de Miriam a résonné dans la pièce. « Les gens n'achètent pas des tasses pour qu'on les lève en l'air et qu'on les reluque d'un air béat. Tu vas la casser. »

Ce matin-là, entre les silences, nous avons parlé de la consistance du thé, des différences entre la préparation du thé japonais et du thé anglais (le thé vert n'est pleinement réussi qu'avec une eau à une température comprise entre quatre-vingts et quatre-vingt-dix degrés, jamais bouillante). Nous avons commenté le gâteau, le *wagashi*. Cette petite brioche, moelleuse et poisseuse, était enveloppée dans une feuille. Je ne sais pas de quel arbre provenait cette feuille, mais elle avait un goût à la fois acide et doux.

Mme Yamamoto nous a débarrassées de nos tasses et de nos assiettes et nous a conviées dans son salon de style occidental. J'ai été quelque peu déçue de quitter la paix de la pièce aux tatamis, mais pour nos occupations musicales, j'admettais qu'il nous fallait des chaises.

Mme Yamamoto a disposé les pupitres. Elle nous a guidées dans la répétition de quelques gammes et études de base, en guise d'échauffement. Lorsque son archet est venu toucher les cordes, nous avons suivi avec obéissance. J'étais un peu rouillée et j'ai raté quelques dièses et quelques bémols, mais personne n'a émis de remarque. Lorsque nous avons été prêtes à jouer de la musique, j'avais l'esprit clair et j'étais concentrée.

Mme Yamamoto nous a remis la partition et nous avons consacré la matinée à jouer Haydn. Nous nous arrêtions chaque fois que Mme Yamamoto fronçait le sourcil, et nous avons plusieurs fois repris des mesures et des phrases jusqu'à en saisir le sens. Nous parlions à peine. La musique nous rapprochait. J'avais eu beau jouer au sein de l'orchestre de l'école et m'être entendu dire à maintes reprises d'écouter les autres instrumentistes, c'était la première fois que je m'y sentais poussée. Quand Lizzie la tromboniste était ma partenaire en musique, je devais me concentrer fermement pour ne pas l'écouter, car elle jouait très fort. J'avais fini par contracter l'habitude de jouer avec l'oreille presque au contact des cordes, afin d'être certaine de jouer les notes justes. Là, c'était différent.

À l'intérieur de la musique, je baignais dans une solitude confortable, au contact de mes propres pensées. Le Japon m'inspirait une bouffée d'optimisme. Naturellement, je savais que j'allais rester ici longtemps — je le savais avant d'arriver — mais, pour la première fois, je ressentais une espèce de frisson. Qu'allais-je faire ici ? Quel genre de personne Lucy pouvait-elle devenir, si loin de chez elle ?

Nous nous sommes arrêtées brièvement pour le déjeuner, avant d'aborder Mozart et de jouer jusqu'au coucher du soleil. Il y a eu des fausses notes, des mesures inexpressives, des cadences mal affirmées. Nous n'étions pas des professionnelles, mais ces trois femmes jouaient ensemble de merveilleuse manière. S'il m'a fallu un petit moment pour cerner ma propre place dans le groupe, leur soutien me procurait le même effet que l'eau chaude et profonde d'un onsen. À l'heure où nous avons reposé nos archets et replié nos pupitres, je n'avais plus besoin que l'on me précise que je formais un quart de cet ensemble à part entière.

La fille de Mme Yamamoto, une adolescente, nous a apporté du café, et là-dessus elles m'ont conté leur histoire. Mme Ide — la coupe au bol — était née en Mandchourie, juste avant la guerre du Pacifique. Elle ne se rappelait rien de la guerre en elle-même, mais immédiatement après, sa famille avait dû retourner au Japon. Ils avaient marché de nuit, sur des centaines de kilomètres, jusqu'à la côte. Sans carte ni boussole, dans l'obscurité totale, ils avaient suivi les étoiles jusqu'à atteindre la côte de la mer Jaune. La sœur cadette de Mme Ide ne l'avait jamais atteinte. Elle avait disparu sur la route, et Mme Ide n'avait jamais su où ni pourquoi.

Mme Katoh était originaire de l'île de Sado, dans la mer du Japon. Tout ce qu'elle m'a confié, c'était qu'elle avait quitté son mari et son fils quelques années auparavant pour venir vivre à Tokyo, seule.

— Je me suis exilée, m'a-t-elle précisé. Jamais je ne retournerai là-bas. Tout au long de notre histoire, on a envoyé les gens en exil dans l'île de Sado, mais moi j'ai effectué le parcours inverse. Enfin, si vous en avez l'occasion, vous devriez vous y rendre. C'est le joyau secret du Japon. Les gens oublient son existence, elle est isolée, tout là-bas en pleine mer, mais c'est magnifique.

Elle a ponctué d'un petit rire.

Je me suis demandé ce qui lui était arrivé, au point de la contraindre à quitter Sado, mais je n'en ai jamais rien su.

Pendant quelques années, presque tous les dimanches, j'ai joué du violoncelle avec ce trio. C'était le moment culminant de ma semaine, que j'attendais avec impatience dès le mercredi ou le jeudi.

Un dimanche, le téléphone a sonné alors que j'étais sur le point de sortir de chez moi. C'était Mme Katoh. Il n'y aurait pas de répétition ce jour-là. Elle avait la voix plus sombre, plus monocorde que d'ordinaire, et elle n'a pas ponctué de son petit rire. Il n'y aurait plus jamais de répétition. Mme Yamamoto avait eu un accident. Ce matin-là, elle était montée au premier pour épousseter la chambre d'amis. Elle ignorait que Lucy y avait disposé un piège mortel, tout autant que Lucy d'ailleurs. Normalement, après une séance, je hissais mon violoncelle là-haut dans cette chambre et je l'y laissais à côté de la penderie. La dernière fois, pour une raison qui m'échappe encore, je l'avais posé derrière le lit, un peu à l'écart. À l'évidence, Mme Yamamoto n'avait rien remarqué, et alors qu'elle époussetait les placards, elle avait trébuché en arrière sur mon instrument et sa tête avait heurté le sol. Lorsque son mari l'avait retrouvée, elle avait cessé de respirer.

J'en ai perdu l'envie de rejouer du violoncelle. J'en ai perdu l'envie de retrouver Mme Ide et Mme Katoh. Je ne les ai plus contactées, et je n'ai jamais demandé à récupérer le violoncelle dans la chambre d'amis des Yamamoto. Sa mort m'avait bouleversée davantage que je n'aurais pu l'imaginer, comme si j'avais perdu une amie de toujours. Cependant, je souhaitais conserver dans ma vie certains éléments de cette période.

Deux mois après le décès de Mme Yamamoto, j'avais intégré un cours où l'on apprenait la cérémonie du thé. Naturellement, j'espérais retrouver le plaisir simple d'une tasse de thé, d'un gâteau moelleux, du tatami et de ce silence magnifique seulement affecté par le tintement de la théière. Mais les autres femmes du groupe ne partageaient pas ce sérieux. Elles cancanaient et papotaient d'un bout à l'autre de la réunion. D'une semaine sur l'autre, elles étaient incapables de se remémorer correctement une seule partie de la cérémonie, car elles n'écoutaient jamais convenablement la première fois. Je ne parvenais pas à trouver le degré de concentration adéquat. Et leurs potins n'étaient pas particulièrement intéressants non plus, aussi avais-je abandonné.

Du quatuor à cordes, il n'y a qu'une chose que je n'ai pas laissée à mes seuls souvenirs. Et c'était l'île de Sado. Mme Katoh m'avait entretenue maintes et maintes fois à propos de cet endroit magnifique et reculé, et j'y songeais souvent. J'avais prévu de le visiter un jour, mais dans tous mes projets j'étais là-bas seule. En fait, lorsque je m'y suis enfin rendue, j'avais Lily et Teiji pour compagnons de voyage. Le plus triste, c'est que je ne peux pas remercier Mme Katoh pour l'île de Sado — voyez où cette équipée m'a menée.

Mais il devait se passer encore beaucoup de temps, et après la mort de Mme Yamamoto, je me suis mise à déambuler dans Tokyo seule. J'avais des amis au travail — des Japonais et des non-Japonais — mais j'évitais de sortir avec eux plus d'une ou deux fois par mois. Je ne pouvais supporter de passer ma vie à parler aux gens. Cela me semblait du gaspillage.

J'avais l'habitude de prendre la ligne Yamanote à n'importe quelle gare, pour la suivre jusqu'à la prochaine station, ou au-delà. C'est ainsi que j'avais abouti à Shinjuku, le soir où j'avais rencontré Teiji. En ce temps-là, jamais je n'aurais prétendu être solitaire — je ne me sentais pas solitaire — et pourtant, quand j'avais aperçu Teiji, là-bas, silencieux et absorbé, je n'avais pu supporter l'idée de m'éloigner et de me retrouver de nouveau seule.

Nous avions des conversations silencieuses avec des gestes invisibles. Nous marchions dans les rues ensemble. Nous traînions dans le bar à nouilles de son oncle. Pendant que Teiji servait les clients ou sortait les poubelles, je lisais les romans de Mishima et de Soseki Natsume, *Le Dit du Genji*. Dès que le japonais devenait trop difficile, je m'appuyais sur un texte traduit. Je recopiais chaque nouveau kanji dans un carnet de notes, m'entraînant jusqu'à connaître l'ordre des traits aussi bien que la manière d'écrire Lucy Fly.

Nous passions des week-ends entiers au lit. Mais notre moment préféré, c'était quand nous sortions sous la pluie par une nuit de chaleur. C'est là que prenaient place les conversations que nous avons eues, je le sais. Teiji m'a enseigné les termes japonais pour décrire différents types de pluie, le genre de mots qui n'apparaissent pas nécessairement dans les dictionnaires japonais-anglais. *Potsu potsu*, c'est une pluie fine, un crachin. *Zaa zaa*, c'est une averse. De cette période que j'ai vécue avec Teiji, je garde l'impression d'une saison des pluies ininterrompue.

Dans mon esprit, les nuits se mélangeaient, et je les confonds peut-être, mais voici ce dont je me souviens.

Je suis allongée par terre, chez Teiji, les yeux levés vers le plafond. Teiji se glisse dans la chambre et me saisit par les mains.

— Il pleut. Nous ne pouvons pas rester enfermés. Viens.

Il me tire dans la rue. Je ris (mais oui). Il porte un jean coupé et des tongs. Je n'arrive pas à visualiser mes propres vêtements, mais je sais que je suis pieds nus. Nous franchissons les flaques dans des gerbes d'éclaboussures et nous suivons le trottoir luisant d'une rue à l'autre. Dans l'artère principale, les pneus crissent, la foule se presse sous ses parapluies. Dans une ruelle, nous percevons le bruit de chaque goutte de pluie qui atterrit à destination, une feuille, un rebord de fenêtre, un pétale, *potsu potsu*.

Nous faisons la course, à grands coups de pied dans l'eau sale, jusqu'au pont de la voie ferrée. À l'abri sous les voies des lignes Yamanote et Chuo, nous nous adossons contre le mur de béton et nous attendons le grondement d'un train au-dessus de nous. Comme les trains de la Yamanote passent à des intervalles d'environ trois minutes, nous n'avons guère besoin de patienter. J'embrasse Teiji, je le serre si fort qu'il en sort des gouttes de pluie de nos T-shirts. Son nez effleure le mien, très délicatement, et il me sourit. Ma langue vient lui caresser les dents, ces perles incurvées que j'aime. Quand le train de Shibuyabound passe dans un fracas, un frisson naît au bout de mon nez et me redescend jusqu'au creux des genoux. Le silence revient. Teiji dégrafe mon soutien-gorge et le tire de sous la manche de mon T-shirt avec un sourire fugace. Abracadabra. Son front repousse mon T-shirt plus haut, si bien que ses cheveux m'effleurent la peau. Il m'embrasse le bout des seins avec ses lèvres de pluie, et quand le train suivant bondé de banlieusards roule au-dessus de nos têtes, nous baisons. Le mur en béton brut me grave sur le dos des stries rose et blanc et me tire sur les cheveux.

Récemment, je me suis soumise à la torture en me postant sous les ponts de la voie ferrée, en laissant monter les frissons en moi au passage d'un train. Ensuite je pleure parce que le sourire de Teiji, le corps de Teiji ne sont plus là, et aussi à cause de ma stupidité. Ensuite je pleure encore plus, car mes sanglots sont répercutés par l'écho et me reviennent, pour souligner à quel point je suis sotte. Et je pleure aussi pour Lily.

— Pas du tout de passe-temps ?

Oguchi m'adresse un regard, presque un cri.

— Aucun. Je n'ai aucun besoin de passe-temps. Cela ne fait pas de moi un assassin pour autant.

Il s'énerve, s'éclaircit la gorge, ne dit rien.

Ils se lèvent comme un seul homme et quittent la pièce. Ils me promettent de revenir plus tard, avec des renforts, histoire de me soutirer au moins un propos sensé. Une fois qu'ils ont bien verrouillé la porte derrière eux, je me laisse tomber de ma chaise sur le sol, je rampe jusqu'au coin de la pièce et je me blottis contre le mur. Ensuite je pleure pour Lily.

6.

Sachi logeait au milieu de la boîte de photographies et Lucy en occupait le dessus. Je connaissais ma place, meilleure que la sienne. C'était la meilleure de toutes les positions. Je ne me considérais pas comme jalouse, pas au sens où Teiji, selon moi, aurait été encore amoureux de Sachi. Mais je ne pouvais me défaire d'elle. J'étais terrorisée de penser au jour où mes photographies seraient remplacées par une couche de nouveaux clichés, par la personne ou l'objet suivant. Je m'imaginais plonger en tournoyant au cœur de l'obscurité, au cœur du néant, comme Sachi. Je me demandais ce qu'elle était devenue, à quoi rimaient ces fêtes lugubres où elle se rendait pour avoir l'air encore plus malheureuse, encorc plus malade. J'avais échafaudé quantité d'histoires dans ma tête et bientôt je me suis misc à penser à elle comme à quelqu'un que j'avais toujours connu, voire comme à une sœur.

L'histoire que racontaient les photographies de Teiji était celle-ci : un jeune homme venait parfois au restaurant de nouilles pour avaler un repas bon marché avant de se rendre dans un petit théâtre. Il aimait tellement les pièces de théâtre et la danse qu'il ne supportait pas de passer ses soirées ailleurs. Il y allait aussi souvent qu'il trouvait les moyens de se payer un billet, et assistait à toutes sortes de spectacles. Le théâtre lui tirait des larmes. Dès le début de la représentation, la vision des acteurs ou des danseurs entrant sous les projecteurs, ses canaux lacrymaux s'humidifiaient et son nez le démangeait. Le nec plus ultra, c'étaient les danseurs au visage blanc du butoh. Leurs gestes érotiques et agressifs le touchaient profondément, le laissaient les jambes flageolantes. Il aimait bien les comédies musicales aussi — qu'elles soient dansées, rollerskatées ou patinées sur glace — et plus les chansons étaient gaies, plus il pleurait. Il était capable de détremper trois ou quatre mouchoirs en une soirée rien qu'en suivant le chant si spectaculaire et les numéros de danse des troupes féminines de Takarazuka.

Lorsque Teiji l'apercevait au restaurant, l'homme qui pleurait était toujours nerveux, un peu tendu, comme quelqu'un qui tue le temps avant un entretien d'embauche ou un examen. Il parlait à Teiji de la pièce qu'il allait voir et parfois, étouffé par les sanglots, il évoquait son aventure théâtrale de la veille au soir.

Teiji avait pris quelques photographies de ce personnage, mais cela le laissait insatisfait. L'homme qui pleurait avait l'air raide et banal, même avec les yeux rougis. Il permettait à Teiji de prendre des photos mais il disait :

— Vous n'avez pas besoin de photos de moi. Vous devriez aller au spectacle. Ma vie n'a rien d'intéressant. Moi, je suis le public. Rien ne m'est jamais arrivé, rien ne m'arrivera jamais. C'est pour ça qu'il faut que j'aille voir. Ce n'est pas que je rêve d'être acteur, comprenez-vous. C'est une erreur que beaucoup de gens commettent. Mon rôle, c'est d'être dans le public, et mon devoir c'est de bien remplir ce rôle. Je veux suivre la représentation. En l'occurrence, vous n'avez rien à photographier.

Teiji s'était piqué de curiosité pour le théâtre, cette partie de la ville à laquelle il ne s'était jamais confronté. Un soir, il s'était rendu dans un endroit peu connu pour y voir une pièce. Il pensait découvrir là de nouvelles images à photographier, et ce fut le cas. La pièce était un one-woman-show créé par une élève comédienne. Dès son entrée sur la scène déserte, dans son uniforme militaire marron qu'il n'avait pu associer à aucune armée, Teiji avait compris son besoin de la saisir dans son objectif. Elle avait un visage juvénile et un peu mou, mais elle criait avec toute l'agressivité et la laideur d'un homme d'âge mûr. Du fond de la salle, Teiji avait pris une photo d'elle, rien qu'une. Une fois la pièce presque terminée, il s'était glissé dehors pour l'attendre à côté de l'entrée des artistes. Elle était seule. Il l'avait observée à travers l'objectif et, en le voyant, elle lui avait souri. Son but à elle, c'était que tous les magazines et tous les quotidiens du Japon la photographient. Donc c'était un début. Ils étaient allés dans un bar près du théâtre, où ils avaient passé la nuit.

En dehors de la scène, elle était maussade et malheureuse, mais heureuse, au moins, d'être avec Teiji. Il n'exigeait pas d'elle qu'elle soit en représentation, ni même qu'elle parle. Il était fasciné par son être même, par l'image qu'elle imprimait sur sa rétine. Et Sachi se fiait à lui. Par la suite, plus elle s'était affaiblie, plus elle avait eu besoin de lui.

Il allait au théâtre entre ses heures de travail. Quand il ne pouvait assister au spectacle, il se rabattait sur les répétitions. De théâtre en théâtre, de pièce en pièce, il la voyait comme une princesse, une secrétaire, une concubine. Elle se pavanait dans un costume en plumes de paon, elle dansait sur la pointe des pieds en justaucorps noir. Il se moquait de suivre les intrigues de ces drames et retenait rarement l'histoire. Souvent, il n'en remarquait même pas l'existence. Il n'était excité que par la seule vision de Sachi, de son costume, par sa voix et son visage, les gestes qui étaient les siens. Après les représentations et les répétitions, Teiji la retrouvait devant l'entrée des artistes, ou dans un café, ou encore au bar à côté du théâtre. Sachi fumait cigarette sur cigarette et ils restaient assis ensemble derrière un voile de fumée, épais comme de la gaze. Elle riait et pleurait alternativement, parfois avec une toux sèche. Le monde du théâtre lui importait peu, mais elle n'appartenait à aucun autre univers. Ils se rendaient à des soirées où elle buvait trop et pleurait dans la salle de bains. Elle n'aimait pas les autres et, côté bavardages de salon, elle n'était pas très forte, mais elle ne pouvait s'empêcher d'y aller quand même. Elle avait besoin d'être là où étaient les acteurs et les actrices. Parfois, Teiji apprenait qu'après son retour chez elle, elle appelait un taxi et retournait à cette fête qu'elle détestait tant. À son avis, elle cherchait à se détruire. Elle avait cessé de participer aux répétitions, ne se levait plus de la journée, et bientôt plus un metteur en scène n'avait eu envie de lui confier le moindre rôle. Elle était devenue accro de ces soirées qu'elle ne supportait pas, et même Teiji était incapable de l'en sauver.

C'était là que l'histoire s'interrompait, car Teiji m'avait découverte en train de passer ses photos en revue. Mais l'image finale continuait de me hanter. Sachi étendue sur le trottoir. Il pouvait s'agir d'une overdose, d'ivrognerie, du sommeil ou de la mort. Je n'avais plus questionné Teiji à son sujet. Et naturellement, je ne sais rien de l'homme qui pleurait. J'ai tout inventé. Peut-être n'est-il jamais entré dans un théâtre de toute sa vie. Il se peut que ses nouilles aient été trop chaudes, et c'était pour cela, sur la photo que j'avais vue, qu'il avait les yeux rougis.

J'ai bien pensé m'aventurer au théâtre pour y dénicher Sachi, mais comment l'aurais-je reconnue ? Je pouvais parcourir un des spectacles pour vérifier ce qui se jouait et où, mais c'était risqué. Pour Lucy, le théâtre est un endroit dangereux. Je ne peux pas suivre une pièce sans m'imaginer en être, ou même que je suis cette pièce. Enfant, je sortais avec l'école voir soit du Shakespeare, soit une pantomime, mais jamais rien entre les deux. Je redoutais les pièces de théâtre comme quelquefois le sommeil. J'allais me retrouver aspirée dans un cauchemar sans peut-être plus jamais me réveiller. Et pourtant, une fois là-bas, en train de patienter dans mon fauteuil rabattable en velours, le temps que la lumière décroisse, je m'immergeais dans le drame avec la passion vibrante d'une écolière. Jusqu'à ce que la lumière revienne, c'est à peine si je respirais, tellement j'étais concentrée. L'idée d'inviter le public à participer au spectacle avait toujours paru bizarre à Lucy. Je participais, oui. J'étais chaque personnage, et le lieu, et l'intrigue aussi. Que je sois Falstaff ou un bébé dans les bois, que je sois un meurtrier ou un mystère, je vivais tout cela pleinement. J'étais à la fois Titania et Oberon, Demetrius et Lysander, Puck et Flute le réparateur de soufflets. J'étais le Mur et le Clair de Lune. J'étais aussi Blanche-Neige et chacun des Sept Nains. J'étais le crâne de Yorick et j'étais une fine lame. Au tomber du rideau, je ne supportais pas de m'en aller et pourtant j'en avais envie. Un professeur m'entraînait dans l'allée jusqu'au minibus. Je me débattais à coups de pied et je poussais des hurlements, j'ai laissé des poignées de cheveux et des ongles au théâtre. C'était une forme de folie, car, que je reste dans la salle ou que je rentre à la maison, une fois dans ma chambre, cela ne présentait aucune différence. Je n'en demeurais pas moins coincée dans la pièce que j'avais vue, des semaines et des mois, je la revivais sans relâche, je la transformais, je la développais de jour en jour, comme une obsession, et contre ma propre volonté. Les gens autour de moi étaient à peine visibles, tout juste audibles. Ensuite, lorsque j'émergeais de ce délire, je profitais de l'accalmie et j'attendais le prochain périple avec terreur.

Je ne suis plus contrainte de me rendre au théâtre, donc je m'abstiens. Une pareille perte de sang-froid serait par trop intolérable. Je ne serais plus capable de me concentrer sur mes traductions. Non, je ne pouvais aller dénicher Sachi dans un théâtre. En plus, d'après les photographies, elle ne les fréquentait plus. Elle n'était plus nulle part.

Après la mort de Lily, je suis allée au bord d'un étang, non loin de mon appartement. J'ai cherché le reflet de Teiji dans l'eau. J'avais envie d'y apprendre les paroles du réconfort, mais je n'ai entr'aperçu que des tortues et des carpes. J'étais ivre. À cette période-là, je n'avais pas d'appétit, et du coup, en guise de déjeuner, j'avalais un gin. Manière agréable de débuter la journée. Avant d'avoir vidé mon verre, je me sentais comme si j'avais déjà affronté le jour à venir, comme s'il m'échappait, et du coup j'avais gagné la liberté d'agir comme bon me semblait. Je m'aventurais entre les roseaux et les nénuphars, le regard flou. Une profusion de couleurs — un ciel bleu dur, des canards colverts, un pont en bois écarlate — palpitait dans un brouillard. Un autel se dressait à côté de l'étang et je me demandais s'il serait convenable ou non de frapper dans mes mains en passant devant et de prononcer une prière pour Lily et Teiji. J'ai décidé qu'il valait sans doute mieux ne pas me risquer à la prière en état d'ébriété, et je suis allée voir les carpes nager.

Allongé sur un banc, devant moi, un jeune homme se prélassait au soleil. Ce pouvait être un coureur, car il portait un short ample et il avait le torse nu. Il avait la peau brunie et ses longs cheveux noirs réunis en catogan pendaient dans le vide. Sa poitrine luisait au soleil, elle se soulevait doucement, au gré de sa respiration. Derrière lui, les roseaux se balançaient lentement et les mouches bourdonnaient autour. Tout l'endroit paraissait respirer avec lui, comme si chacune de ses respirations emplissait les poumons de la terre. J'ai regardé fixement au-delà, l'eau et l'autel en bois, mais tout ce que j'ai vu, c'est cette chevelure épaisse et noire, ses paupières bridées, et sa peau étincelante et brune.

Je me suis assise sur le sol, au milieu des azalées roses toutes gonflées, et j'ai fermé les yeux pendant que la terre s'inclinait et se balançait comme le pont d'un navire. Teiji me manquait tellement, le toucher de sa peau, mais je ne le reverrais jamais, plus jamais. Lorsque j'ai vomi, deux heures plus tard, je n'en ai pas voulu à l'alcool, mais au mal de mer.

7.

Le bar à nouilles était noir de monde. Comme toujours, la plupart des clients étaient des hommes. Des employés de bureau, jeunes et vieux, des étudiants. Il n'y avait là que quelques femmes, assises seules ou bien à deux, face au mur. À travers la vitrine, je pouvais presque sentir l'odeur de la nourriture, la ciboule hachée, les petits carrés de viande, le thé d'orge. J'ai poussé la porte et je suis entrée avec Lily juste derrière moi. Le bout de son soulier est venu accrocher mon talon, à deux reprises. J'aurais préféré qu'elle vienne à ma hauteur, mais elle aimait bien se cacher. Elle s'était comportée de la même manière quand nous cherchions son appartement, me poussant en première ligne et se recroquevillant dans l'ombre. J'ai cherché le visage de Teiji, sans le voir. Derrière le comptoir, son oncle m'a adressé un signe de tête. Ce n'était pas un regard de franche hostilité, mais je le savais soupçonneux. Il me regardait toujours droit dans les yeux, deux ou trois secondes avant de se détourner pour observer fixement une tache par terre, ou le dossier d'une chaise. Je lui trouvais le regard triste, mais j'en ignorais la raison. Je me demandais ce qu'il avait pensé de Sachi, l'actrice étrange.

J'avais lancé « konnichiwa ! » d'une voix enjouée, et j'avais conduit Lily vers la seule table vide, en passant devant lui. Une fois assise, j'ai compris que j'avais le dos tourné à la cuisine. Ce n'était pas une bonne chose, car cela m'interdirait de chercher Teiji du regard, de frissonner en apercevant ses muscles lorsqu'il essuierait une table ou ouvrirait un placard avant de nous remarquer. J'étais sur le point de proposer à Lily d'échanger nos places quand j'ai senti la présence de Teiji tout près, derrière moi. C'était une espèce de chaleur, une force, et je me suis redressée contre le dossier de ma chaise pour que ma tête vienne toucher sa poitrine, comme un aimant claquant contre un autre aimant. Lily a levé les yeux, au-dessus de ma tête, avant de revenir à moi. Je n'aurais pas su dire ce qu'elle pensait de lui, mais elle semblait un peu intimidée. Elle a attendu que je parle. Lily était la première amie que je présentais à Teiji. Cela m'a procuré une étrange sensation, celle de partager un secret profondément personnel. Je l'avoue, j'avais envie qu'elle l'aime bien.

— Voici Teiji, ai-je annoncé, toujours sans regarder.

— Hello.

Teiji l'a saluée, m'a effleuré les cheveux du bout des doigts. Il est retourné en cuisine, en promettant de se joindre à nous d'ici un petit moment.

— Il est très mignon, m'a chuchoté Lily avec un hochement de tête encourageant.

Mignon. C'était proche de l'insulte, mais elle l'entendait comme un compliment, aussi lui ai-je pardonné. J'avais envie que Lily apprécie Teiji, mais je ne m'étais pas attendue à ce qu'elle le comprenne. Le monde de Teiji était trop éloigné du sien.

Il a réapparu avec deux bols de nouilles et les a posés sur la table. Il avait son appareil photo pendu autour du cou par sa vieille bandoulière en cuir. J'étais certaine qu'il ne l'avait pas, tout à l'heure, lorsqu'il se tenait debout derrière moi. J'ai sorti des baguettes jetables de leur pot mais Teiji a enveloppé ma main dans la sienne et l'a ramenée en arrière. Il a disparu, avant de revenir muni de baguettes en bois laqué dont, je le suppose, son oncle et lui se servaient. Un jour, Teiji m'avait raconté qu'ils mangeaient presque tous les soirs ensemble. Quelquefois, avant qu'ils ne soient tous deux libres de s'asseoir à table, il était minuit, et pourtant, ils s'attendaient, quelle que soit leur faim à l'un ou à l'autre. L'oncle de Teiji aimait bien évoquer les détails qu'il avait remarqués durant la journée, un oiseau sur un rebord de fenêtre, la dent en or d'un client. Teiji écoutait en mangeant.

— Waou ! On a droit au traitement chic.

Lily a attrapé les baguettes et les a examinées comme si elles étaient en ivoire. J'ai encore du mal à me rappeler les paroles de Teiji, et donc je rapporterai ce qu'il a pu, ou ce qu'il a dû dire ce jour-là, d'après mon souvenir.

— Voici vos nouilles, bon appétit. Je reviens bavarder avec vous dès que je peux, mais il faut d'abord que je serve ces clients.

Lily a écarté les nouilles sur le pourtour du bol. Elle savait tenir ses baguettes, mais pas se saisir des aliments visqueux. J'étais contente, car le besoin de sc concentrer l'a rendue silencieuse pendant au moins vingt minutes, et du coup cela m'a permis de laisser libre cours à mes pensées, pendant que j'avalais mon propre bol. De temps en temps, je me retournais pour voir ce que fabriquait Teiji. Il allait et venait dans le restaurant, débarrassait les tables, les essuyait. S'il exécutait chacune de ces tâches avec efficacité, ses pensées étaient manifestement ailleurs. Ses yeux étaient remplis d'autre chose que de la vision des tables et des serviettes humides. J'espérais qu'il s'agissait de moi, mais il était difficile de l'affirmer. J'ai fini mes nouilles et j'ai observé Lily qui atteignait le fond de son bol, non sans mal. Un flash nous a fait sursauter et nous nous sommes toutes les deux retournées en même temps. Bien entendu, j'aurais dû comprendre sur-le-champ.

J'aurais dû savoir très exactement ce que c'était et ne pas même ciller.

Teiji nous avait capturées dans son objectif. Clic. Il a souri, s'est retourné et s'est remis à débarrasser les tables. Il avait pris une photographie de Lily et moi, toutes les deux ensemble. Quelques semaines plus tard, il me l'a offerte. Il l'avait enveloppée dans un bout de papier journal soigneusement plié. Que j'ai conservé aussi. Je l'ai lu je ne sais combien de fois, recto et verso, pour y déchiffrer un message d'amour. D'un côté, il y avait un article sur la récente hausse des statistiques en matière de mauvais traitements conjugaux, et de l'autre les taux de change du jour. J'aurais pu établir un lien, si j'avais essayé, mais je savais qu'il n'en avait recherché aucun. Cependant, Teiji l'avait plié de ses mains adroites, pour moi. J'étais contente qu'il n'ait pas tiré d'exemplaire de la photo à l'intention de Lily. Cela signifiait que ce cliché était conçu comme une image de moi, avec Lily en supplément, et pas comme un instantané de nous deux considérées comme des égales. J'avais honte d'être à ce point enchantée d'un triomphe aussi enfantin, mais pas assez pour me pousser à corriger ce sentiment. Et ma honte n'a pas suffi non plus à me conduire au magasin de photo, pour en faire tirer une copie à l'intention de Lily, et pourtant, dès ce moment, elle aurait apprécié le geste, je ne l'ignorais pas. Je conserve encore cette image, dans une boîte où je range les objets que je ne veux pas garder mais que je ne me résous pas à jeter.

Lucy a maintenant l'impression que cette photographie marque le début de ses ennuis. Je pourrais poser les yeux dessus et songer, voilà, c'est le moment où tout a mal tourné, l'instant à partir duquel il était déjà trop tard. Avant le déclic de l'obturateur. Après le déclic de l'obturateur. Une fraction de seconde d'intervalle, quand survient un glissement sismique impossible à percevoir à la surface de la croûte terrestre. Il débouchera par la suite sur un tremblement de terre si énorme qu'il sera impossible à mesurer, ni sur l'échelle de Richter ni sur l'échelle de mesure japonaise. En fait, cette photographie ne montre rien d'autre que Lily et Lucy assises à une table. C'est la prise de ce cliché, et non l'image volée, qui a déclenché le tonnerre. Et je n'ai aucune photo de la prise de ce cliché. Pourtant il montre ce qui se passait à l'instant du déclic, devenant de ce fait une représentation de lui-même. J'aurais dû le comprendre, instantanément.

Mais tel n'a pas été le cas. J'avais la tête pleine de Sachi.

D'autres clients sont venus et repartis, restant juste le temps de prendre leur bol de nouilles et de le régler. Après tout, l'endroit était fonctionnel. Mais Lily se sentait l'envie de parler et nous avons bavardé toute l'après-midi, surtout au sujet de son appartement. Elle était enchantée de son nouveau toit, et elle m'en attribuait tout le mérite, comme si je le lui avais construit de mes propres mains. Elle m'a parlé de tous les petits objets qu'elle avait achetés — une machine à tuer les moustiques, un autocuiseur pour le riz. J'écoutais, mais je ne me plaisais pas dans ce carambolage inconfortable des différents compartiments de ma vie. Je n'avais qu'une envie, amener Lily à sortir du restaurant, mais Teiji était là. Je ne pouvais pas le laisser. Le bout des doigts me picotait, comme chaque fois que j'étais contrariée, et je les ai serrés fort contre le pied de la table.

Vers cinq heures, son travail terminé, il nous a proposé d'aller boire une bière. J'aurais préféré que Lily refuse, mais je savais qu'elle n'en ferait rien. Depuis sa rencontre avec Lucy, elle semblait ne plus éprouver aucun besoin de voir d'autres amis.

— Je crois que Lily a envie de rentrer chez elle.

— Non, non. J'adorerais prendre un verre. Il y a un café près d'ici ?

Teiji a répondu d'un hochement de tête. J'étais agacée, mais le seul moyen de m'en sortir, c'était de rentrer chez moi toute seule. J'avais envie d'être avec lui, et donc je ne pouvais m'en aller. Il avait l'air heureux de voir Lily se joindre à nous. Je me demandais s'il avait peur de se retrouver seul avec moi, effrayé à l'idée que je recommence à le questionner au sujet de Sachi.

Nous sommes sortis dans la lumière du jour et Teiji nous a conduits à un izakaya, un grand bar avec de longues tables basses et des sols en tatamis. Nous avons retiré nos chaussures et nous sommes montés dans la salle obscure. Plusieurs serveurs nous ont souhaité la bienvenue en élevant la voix et nous ont menés jusqu'à une table d'angle. Teiji et moi nous sommes assis côte à côte, et Lily s'est installée de l'autre côté. Nous avons commandé une grande bouteille de bière et un bol de haricots de soja verts et salés. Lorsque la nourriture et la boisson sont arrivées, Lily avait les yeux brillants.

— Tu es beaucoup sortie, dans Tokyo, Lily ? lui ai-je demandé, sachant bien que non.

— Pas franchement. Je travaille dans ce bar presque toutes les après-midi et presque tous les soirs. Et puis je n'aime pas non plus sortir tout le temps avec des collègues alors... Pour l'instant je vis seule, enfin, de temps en temps c'est un peu l'isolement. Ce n'est pas que je n'aime pas mon appartement ou quoi, non, je l'adore.

Elle m'a souri avec gratitude.

— Les autres personnes que je rencontre, ce sont tous des enseignants, tu sais. Tu en as rencontré quelques-uns, bien sûr. Bob est chouette. Cela étant, je ne pense pas que nous ayons grand-chose en commun. Je veux dire, toi, tu es traductrice, je sais, mais tu n'es pas comme les autres. Peut-être parce que nous sommes originaires du même coin.

La mâchoire crispée, j'ai expliqué à Teiji que Lily et moi venions de la même partie du même comté.

Cela a eu l'air de l'intéresser, même s'il était de plus en plus ivre et avait l'esprit de moins en moins clair, tout comme Lily. Quant à Lucy, il en faut davantage que deux verres de bière pour l'entamer, et donc je buvais de bon cœur pour me mettre à leur diapason. Teiji a confié à Lily :

— Tu ne ressembles pas aux autres étrangers qui vivent au Japon.

— Qu'est-ce que tu veux dire ?

— Je ne sais pas. Je pense que tu n'étais pas tout à fait prête à venir t'installer ici. Peut-être étais-tu plus heureuse chez toi.

— Chez moi je n'étais pas heureuse, mais c'est vrai, je suis différente des autres Occidentaux que j'ai rencontrés. Eux, ils sont plus doués.

Aucun de nous n'a réfuté son observation, mais Teiji l'a dévisagée, l'air songeur.

— En Angleterre, tu étais infirmière ? Cela demande beaucoup de talents que bien des gens ne possèdent pas.

— Peut-être.

— Tu dois être très patiente, et très pragmatique.

— J'essaie, oui. Évidemment, je n'y arrive pas toujours. Enfin, l'hôpital me manque, drôlement.

— Mais travailler dans un bar, c'est pas si mal, non ? Je trouve que c'est super, comme style de métier. Le restaurant de nouilles me laisse tout le temps de réfléchir, parce que mon corps se consacre à ce travail de lui-même.

— Moi, pour mon boulot dans ce bar, je suis tellement nulle. J'ai tout le temps besoin de rester concentrée, sinon ce serait encore pire.

Ils ont continué de bavarder, mais après cela je n'ai plus la moindre notion de la teneur de leur conversation. Teiji me surprenait. Il ne m'avait jamais dit qu'il aimait passer la serpillière et faire la plonge. Nous n'abordions jamais des sujets aussi terre à terre. Nous parlions typhons, volcans, lumière des matins d'hiver. Surtout, je crois, nous ne parlions pas. Et c'était ce que je préférais. Me taire. Ne pas éprouver le besoin de remplir de beaux, de précieux silences par des bruits inutiles.

Lily était un moulin à paroles. J'avais envie qu'elle me rende banale aux yeux de Teiji — à discuter des choses de tous les jours — afin qu'il oublie mon geste de trahison. À la place, en l'enrôlant dans la conversation, c'était lui qu'elle rendait ordinaire. Je n'aimais pas ça — pour moi, Teiji était empreint de magie — donc je n'écoutais pas. J'ai résolu de penser à Lily dans son uniforme blanc, s'occupant de ses patients dans un service hospitalier. Elle avait vu des maladies mortelles, des blessures sanglantes, du chagrin. Surgis de nulle part, mes sept frères ont pénétré dans ma tête au pas de charge, avec leurs filets de pêche, et ensuite ce fut le trajet ultime de Noah jusqu'à l'hôpital, lui qui était déjà mort, avec ses boucles poisseuses de sang. Les médecins et les infirmières s'étaient précipités, s'étaient démenés pour lui sauver la vie. Ils avaient jeté toutes leurs forces dans la lutte, mais ils avaient perdu. Et, sortie de quelque part sur le champ de bataille, une infirmière était venue chercher Lucy pour l'emmener loin, une belle infirmière aux yeux plissés.

— Est-ce que tu as jamais eu affaire à des enfants morts ?

La question m'avait échappé.

Teiji m'a dévisagée. Il me regardait comme s'il venait de recevoir un coup en pleine gorge. Lily était imperturbable.

— Oui. La mort, tout ça, et réellement. C'est mon boulot. Ça ne rend pas les choses plus faciles devant la mort d'un enfant, mais...

Elle a bu une gorgée de bière et s'est rembrunie.

— Mais ?

— Je ne me souviens pas de ce que j'allais ajouter. Cette bière m'est montée direct à la tête. Je suis bourrée.

— Moi aussi.

Si Teiji avait été alarmé par ma question, il n'a pas tardé à reprendre le dessus. À présent il riait. Sous l'effet de l'alcool, il avait le visage pivoine. On eût dit qu'on l'avait chatouillé. Je ne l'avais jamais vu ne serait-ce que légèrement pompette, et cela me troublait. Il était détendu, et son sourire était très doux, sans être le sourire que je lui connaissais. Je lui ai effleuré la joue de mes doigts à demi repliés. Sa peau était brûlante. Il m'a pris le poignet, pour remettre ma main à sa place.

— Tu as très chaud, Teiji.

— Oui. J'ai trop bu et maintenant je suis bouillant. J'ai besoin d'un peu d'air pour me rafraîchir. Allons prendre un autre verre ailleurs. J'aimerais bien m'asseoir dans le parc.

— Il y a un parc près d'ici ? s'est écriée Lily d'une voix bizarrement suraiguë.

— Pas spécialement près, lui avait répondu Teiji. Mais dehors, par ici, c'est joli. On peut marcher.

La nuit était tombée. Dans le parc Yoyogi, nous nous sommes assis sur des sacs en plastique d'une épicerie de quartier et nous avons empilé des boîtes de bière autour de nous. Nous avons ouvert des paquets de biscuits salés au riz avec de petits poissons séchés et nous avons étalé le tout sur l'herbe. Les lumières de la ville scintillaient au travers des grands arbres. Lily regardait au loin, et elle s'est mise à chanter.

— *Parfois je m'éloigne, alors que tout ce que je veux en réalité...*

— Tu as une jolie voix.

Mon compliment était sincère. Son chant était chatoyant et pur, sans la moindre trace de ce geignement qui était le sien quand elle parlait.

— Merci... *c'est t'aimer et te garder. Tout ce que je peux dire...*

— C'est une parfaite soirée d'été.

J'étais allongée sur l'herbe et je laissais les insectes se repaître de mon sang.

— *Tout va bien. Tu ne vois pas... les lumières de la ville.*

— Les lumières de la ville, a murmuré Teiji. Dans toutes les villes du monde. J'aimerais bien voir les lumières de Londres.

— Moi aussi, a ajouté Lily d'une petite voix. Je n'y suis allée qu'en deux occasions, et chaque fois de jour. Mais je n'ai jamais vu les lumières d'une ville comme ici, à Tokyo. À perte de vue, et si lumineuses. Tous ces mots écrits en grand partout, qui clignotent. Ce que je préfère, c'est quand les lumières de la ville se reflètent dans l'eau, tu sais, quand il pleut, ou s'il y a une rivière. J'adore ça.

Teiji a passé un bras autour de moi et son autre main est allée attraper une bière qu'elle a ouverte d'un coup sec, et il me l'a tendue, en m'embrassant dans le cou. J'ai songé au cou long et doux de Sachi.

— Chanter, c'est bien, a-t-il proclamé. C'est comme de puiser son souffle en profondeur, pas le souffle des poumons mais celui de l'esprit. Je ne connais pas de chansons anglaises, enfin, sauf celles des Beatles, et même celles-là, je n'en ai jamais appris les paroles.

Je ne l'avais jamais entendu chanter, ni même déclarer qu'il en avait envie. Mais il est vrai que je ne l'avais non plus jamais entendu la langue pâteuse sous l'effet de l'alcool.

— Apprends-moi une chanson japonaise.

À présent, Lily était debout, et elle oscillait légèrement tout en sirotant sa boîte de bière.

— J'ai envie d'apprendre une chanson japonaise.

Teiji a fermé les yeux et il m'a eu l'air de partir à la dérive dans son monde intérieur. Au bout de quelques secondes, il les a rouverts, en souriant à Lily.

— Très bien. Je vais t'en apprendre une facile. Au Japon, tout le monde connaît cette chanson-là.

Et, lentement, tous les trois en chœur, nous avons

chanté *Ue o Muite Arukou.* Lily était incapable de saisir le sens des paroles, mais elle chantait à tue-tête, avec des prononciations approximatives et dénuées de sens, et quand j'ai essayé de traduire, elle n'écoutait pas.

Ue o muite
Arukou!

— Marche la tête droite, lui ai-je glissé en l'interrompant.

Namidaga koborenaiyou ni.

— Ainsi tes larmes ne couleront pas.

Omoidasu, haru no hi,
Hitori botchi no yoru.

— Quand, par une soirée solitaire, tu te remémores une journée printanière.

Je me suis répété le dernier vers mentalement.

— Ou bien est-ce le contraire? C'est difficile à traduire.

Lily se moquait des paroles, mais elle les reprenait en boucle.

— Je suis vraiment trop saoul.

Teiji a ouvert une autre boîte de bière avant d'entamer le deuxième couplet de la chanson.

— Promenons-nous un peu. La nuit est magnifique.

Lily a tourné les talons avec un gloussement.

Nous avons rassemblé nos affaires et nous nous sommes mis en route. En me levant, j'ai remarqué que Teiji avait laissé son appareil par terre. Jamais il ne l'oubliait. Je l'ai ramassé et l'ai passé autour de mon cou. Je le lui montrerais quand il se serait rendu compte de son absence. Lily s'est remise à chanter et il a tenté de corriger ses fautes.

Dans leur dos, j'ai ôté le cache de l'objectif, j'ai porté l'œilleton devant mon iris et, alors que j'avais encore plus de mal à faire le point avec mes yeux qu'avec l'appareil, je suis parvenue à les saisir tous les deux dans le rectangle du viseur. La lumière du flash était aveuglante, mais ils ont continué de marcher en chantant comme si de rien n'était. J'ai rabaissé l'appareil et j'ai rattrapé Teiji. Subitement, il me semblait vital de le lui restituer.

À présent, j'ai changé d'avis et je comprends bien que c'est probablement cette photographie dans le parc Yoyogi, plutôt que celle du bar à nouilles, qui a scellé ma chute. Ou alors c'est que Lucy est trop superstitieuse, qu'elle recherche partout des indices qui, en réalité, n'existent nulle part.

Aux premières heures du matin, nous marchions dans les rues, nous remontions celle qui menait à l'appartement de Teiji. Lily n'arrêtait pas de tomber par terre et de répéter qu'elle allait dormir sur le trottoir et qu'il ne fallait pas nous en préoccuper. Chaque fois, nous la relevions à nous deux et l'entraînions quelques pas de plus. Lily ne pesait pas lourd mais l'alcool avait diminué la force et les facultés de coordination de Teiji. Il ne cessait pas de me rentrer dedans et je me suis aperçue que c'était moi qui endossais l'essentiel du travail. Il a remarqué un petit chariot sur le bas-côté, le genre de ceux qu'on utilise pour déplacer les caisses dans un entrepôt ou pour décharger une camionnette. Il m'a fait signe de le suivre. Nous avons soulevé Lily pour l'installer dessus et nous l'avons poussée. Sa tête dodelinait en arrière et la touffe écarlate de ses cheveux pendait sur un côté de la plate-forme. Ses jambes et ses bras donnaient l'impression de retomber en désordre. On aurait dit une araignée écrasée. Le ciel avait la noirceur frémissante du petit matin, juste avant l'aube.

Cinq minutes plus tard, Lily marchait de nouveau et j'étais allongée sur le chariot. Le temps d'arriver en haut de la rue, le ciel s'était éclairci et maintenant c'était moi qui poussais le chariot avec Teiji et Lily entassés dessus. Je me suis arrêtée pour profiter du spectacle. Face à moi, dans cette rue quasi déserte, entre les immeubles, le soleil était suspendu dans le ciel, une énorme boule rose, enflée et rougeoyante devant mes yeux. J'ai engagé le chariot dans une ruelle, je l'ai calé contre un mur entre deux boutiques pour qu'il ne puisse pas partir en glissade, et je me suis écroulée sur Lily et Teiji. J'avais la tête pleine du bruit de nos voix chantant dans le parc, et de notre chœur de l'aube.

Au milieu de cette cacophonie, comment aurais-je pu pressentir la dimension du silence qui allait bientôt s'abattre sur Tokyo, sur Lily, Teiji et Lucy ?

8.

Une semaine ou deux après notre nuit dans le parc, Lily est venue me rendre visite. Il était tard et je ne l'attendais pas mais j'ai reconnu son doigt sur ma sonnette, tout comme je reconnaissais celui de Teiji. Le coup de sonnette de Teiji était délicat mais égal. Lily, elle, appuyait trop fort et trop longtemps, ce qui trahissait sa nervosité, son manque de sang-froid.

J'ai ouvert la porte. Elle avait pleuré.

— Entre. Qu'est-ce qui ne va pas ?

— Je ne te dérange pas, non ? Si Teiji est là, je ne veux pas te déranger.

— Il n'est pas là. Ce soir, il travaille tard. Le restaurant est bondé.

— Oh, d'accord.

Elle m'a suivie dans la pièce principale, et elle s'est mise à tourner en rond.

— Assieds-toi.

— Merci. Je suis vraiment désolée. Je ne comprends pas pourquoi je ne t'ai pas téléphoné avant. Je viens de me lever et de sortir. Je ne savais pas où aller. C'est un joli appartement. Charmant, pas du tout surchargé.

— Nu. C'est ce qui me plaît.

J'aurais apprécié qu'elle en vienne au fait. Quelle

était la raison de sa présence dans mon appartement si tard le soir ?

— Tu n'as pas de photos de ta famille, nulle part ?

— Aucune.

— Et de Teiji ? Tu n'aimes pas les punaiser aux murs ?

— Je les range dans un tiroir. Il y en a une ou deux qui me servent de signets, ce genre-là. J'écris des listes de commissions au dos de certaines, mais après je ne les jette pas.

— Pourquoi griffonnes-tu au dos d'une photo si elle est si jolie ? Si tu es à court de papier, je t'achèterai un carnet de notes.

— Non, non. Merci. J'aime bien que les objets qui m'entourent soient utiles. Sinon, pourquoi les garder ?

Ce n'était pas une réponse honnête, mais Lily n'aurait pas compris la vérité. Je conservais les photos de Teiji dans un tiroir que j'ouvrais toutes les nuits et tous les matins. Me découvrir à travers son regard, c'était la meilleure façon de le voir quand il n'était pas avec moi. Je notais des choses au verso de ses photographies car quelquefois je répugnais à écrire quoi que ce soit sur un support qui ne lui aurait pas appartenu.

Je me suis assise par terre, j'ai attendu que Lily s'explique. Elle n'a rien ajouté, elle est allée à la fenêtre et a glissé la tête au-dehors.

— Bruyant, quand les fenêtres sont ouvertes.

— Oui, mais aussi quand elles sont fermées.

— Comment fais-tu, sans air conditionné ?

— Je transpire beaucoup.

Elle s'est installée sur un coussin, les jambes repliées sous elle, adossée contre le mur.

— Je me sens bizarre.

— Il s'est passé quelque chose ?

— Oui. Enfin, oui et non.

— Ce qui signifie ?

— J'ai reçu une lettre d'Andy. Il veut que je rentre.

— Il possède ton adresse ? Je croyais que tu l'avais gardée secrète et confidentielle.

— Non, il ne l'a pas. Il a envoyé une lettre à mon amie et c'est elle qui me l'a fait suivre. En réalité, c'est la fille chez qui j'habitais avant de partir pour le Japon. Elle m'a aidée à obtenir ce boulot et tout. Cela veut dire qu'il a remonté ma trace, enfin, jusqu'à elle, au moins. À la prochaine étape, il va s'apercevoir que je suis à Tokyo. Il y a des gens dans les pubs, près de chez mon amie, qui pourraient l'informer.

— Et alors ? Même s'il découvre que tu es ici, comment veux-tu qu'il retrouve ton minuscule appartement au milieu de Tokyo ?

— Je sais bien, tu as raison, mais quand j'ai reçu cette lettre, ça m'a terrorisée, c'est tout. Je me sens idiote d'avoir paniqué pour si peu. La vérité, c'est que je commençais tout juste à me sentir bien sans lui. Je commence à m'habituer à mon travail ici, à ma vie ici. J'ai presque tout oublié de l'Angleterre. Et en fait c'était très sympa, d'ailleurs. Et maintenant le revoilà, bordel.

— Il est si méchant que ça ? De quoi as-tu si peur ? Tu as quitté le pays... normalement, cela suffit assez à prouver que tu l'as quitté, lui aussi.

Lily n'a rien répondu. Elle a remué la tête.

— Il est violent ?

— Pas avec moi. Uniquement avec les hommes qui me parlent trop à son goût, ou qui me regardent. Je veux dire, quelle rigolade. Qui est-ce qui prendrait la peine de me regarder ?

N'importe qui préférerait regarder le joli visage de Lily que celui de Lucy, mais je n'avais pas envie de le relever, alors que, malgré tant de succès, elle s'apitoyait encore sur son sort.

— Même s'il avait dégoté ton adresse, sérieusement, il entreprendrait tout ce périple jusqu'au

Japon ? C'est un long voyage pour se faire jeter par une femme qui vous a déjà quitté.

— S'il a l'argent, il viendra. Ça fait un grand « si », remarque.

— Alors dis-lui de laisser tomber, de remonter dans son avion.

Elle a éclaté de rire, et commencé à arracher ses petites peaux d'ongles.

— Une fois, tu sais ce qu'il a fait ? Je te préviens, c'est franchement navrant. Il voulait engager un détective privé pour m'espionner mais il n'avait pas les moyens. Alors à la place il a acheté un petit micro émetteur bon marché à un type louche dans un bar, et il l'a caché dans la doublure de mon sac à main.

— Il t'a espionnée ?

— Oui, mais je l'ai tout de suite remarqué. Pour y loger son machin, il avait déchiré la doublure, avant de tout bousiller en essayant de la recoudre. Je m'en suis aperçue en suspendant mon sac dans mon casier, au travail. Note bien, j'ai mis des semaines à comprendre ce que c'était, et je n'avais aucune envie de poser des questions. J'ai simplement laissé ce truc sur l'étagère de mon casier et je n'y ai plus pensé. J'imagine qu'il n'a rien remarqué d'autre que la porte qui s'est ouverte et fermée et la clef dans la serrure.

— Alors comment as-tu découvert ce que c'était ?

— Je l'ai surpris une ou deux fois à fouiller dans mon sac. Finalement j'ai trouvé ce qu'il cherchait. J'ai montré ce truc à quelqu'un au travail et on m'a expliqué à quoi ça servait. Je l'ai balancé, non sans caresser l'idée de l'attacher à une sirène d'ambulance, note bien, pour donner quelque chose à écouter à ce connard.

Je l'ai dévisagée.

— Je sais ce que signifie ton regard. Pourquoi ne l'ai-je pas quitté plus tôt ?

— Oui, pourquoi ?
— Parce que je savais qu'il me suivrait et qu'ensuite j'allais devoir affronter des disputes et tout. Tout simplement, c'était moins compliqué de rester avec lui jusqu'à ce que j'aie les moyens de filer suffisamment loin pour qu'il ne me retrouve pas.
— Logique.
— Je sais, je sais. À ma place, tu te serais bornée à lui conseiller de laisser tomber et il aurait dégagé pour de bon. Toi, tu es capable de ce genre de décision. Moi, non. Vraiment je t'admire, mais je ne suis pas pareille que toi.
Ses yeux se sont perdus dans le vague l'espace d'une seconde, avant de cligner.
— Je suis tellement désolée de débarquer comme ça.
— Tu ne débarques pas. Tout va bien. Tu peux venir ici quand tu veux.
— Nous autres, les femmes du Yorkshire, il faut qu'on se serre les coudes, hein ?
J'ai cru qu'elle allait pleurer, et donc du coup, pour une fois, j'ai abondé dans son sens.
— Tiens, voilà une façon bien du Yorkshire de régler le problème.
— C'est-à-dire ?
— Je vais allumer la bouilloire.
Lily a éclaté de rire et s'est frotté les yeux.
— Merci. Je me taperais bien une tasse de thé. Cela dit, sérieusement, si tu attends Teiji plus tard ce soir, après le boulot...

Est-ce l'imagination de Lucy, ou Lily m'a-t-elle vraiment posé tant de questions que cela au sujet de Teiji, ce soir-là ?
J'ai préparé le thé et je l'ai servi. Lily était incapable de boire le sien sans au moins deux grandes cuillerées de sucre et elle a dû filer à l'épicerie du

coin en acheter un peu. Je n'achète jamais de sucre. Si je mange sucré une ou deux fois par an, c'est déjà beaucoup.

Je soufflais doucement à la surface du liquide, entre deux gorgées. Lily semblait s'être calmée au sujet d'Andy et admettre l'idée qu'elle était en sécurité à Tokyo.

— Tout autant que n'importe qui, n'importe où.

Elle avalait son thé à grandes gorgées, comme un enfant son lait.

— Absolument. Donc il n'y a pas lieu de s'inquiéter.

— Oui. Lucy ?

— Quoi ?

— Je sais que c'est stupide de ma part mais je n'ai pas envie de dormir chez moi cette nuit. Je sais qu'il ne viendra pas, seulement maintenant je suis carrément sur les nerfs et je ne vais jamais réussir à trouver le sommeil. Ça t'ennuierait que je reste ici ?

Cela ne m'ennuyait pas du tout. J'avais de quoi coucher quelqu'un. Ce soir-là, mon appartement avait atteint un niveau de confort rare, avec ces coussins, ce thé, et ces échanges de confidences. Je savais déjà que si Lily partait, j'allais subitement me sentir seule et mon appartement serait de nouveau nu. Je n'avais pas vu Teiji depuis sept jours. Occupé au restaurant. Les deux nuits précédentes avaient été longues et solitaires. Lucy, la stupide et monstrueuse Lucy, avait dormi d'un sommeil entrecoupé, dans son lit froid. Chaque fois qu'elle se réveillait, dans la nuit, la sensation d'avoir empêché Teiji de continuer à l'aimer lui revenait et lui infligeait un rude coup dans le ventre.

Nous avons tiré les futons du placard et nous les avons disposés côte à côte. Nous nous sommes tourné le dos et nous avons dormi. Je suis certaine que, sans perturbations, nous aurions toutes les deux dormi comme deux souches jusqu'au lendemain matin, mais nous n'avons pas eu cette chance. Au milieu de la nuit, il s'est déclaré une violente secousse. Les murs ont tremblé et l'une de mes tasses de thé a glissé de la table et roulé sur le sol. Je me suis redressée, je me suis frotté les yeux, et j'ai vu que Lily était déjà allée s'asseoir sous mon bureau. À l'extérieur, le réverbère brillait par la fenêtre et nous baignait de sa lumière jaune. Lily serrait les genoux contre sa poitrine. Elle avait les yeux fermés, plissés comme des raisins secs.

— Lily. Ça va ?

— J'ai peur.

— Il est pas si méchant, celui-là.

Je me suis interrompue.

— Je crois que c'est fini.

Le sol a frémi de nouveau.

— C'est quoi ce bruit ?

Je n'en avais pas pris conscience avant qu'elle ne le mentionne. Ensuite je me suis rendu compte que ce bruit était déjà là avant même que je ne me réveille, depuis le début, quelque part dans mon sommeil.

— C'est l'oiseau qui chante quand la terre tremble.

— Le quoi ?

J'ai tendu l'oreille, le bruit déclinait, et j'ai compris que la pièce ne tanguait plus.

— Je ne sais pas ce que c'est. Dans un séisme, il est toujours là. Au début, je croyais que c'était un bout de vieille ferraille qui cognait contre quelque chose. Mais ça vient de trop loin pour un truc qui remuerait en bas à la station-service. Teiji pense que c'est un oiseau, un vieil oiseau de nuit éjecté de son perchoir par la secousse.

— Ça ressemblait plutôt au bruit d'une botte qui tape dans une boîte en fer rouillée, quelque part, loin.

— Qui taperait dans une boîte rouillée dehors devant mon appartement à chaque tremblement de terre ?

— Bien vu.

— Le fait est là, chaque fois que j'écoute plus attentivement pour comprendre, je reste dans le flou. En pleine nuit, il est difficile de juger. Et dès que je suis assez réveillée pour me concentrer dessus, ça s'interrompt. Si Teiji et toi vous ne l'aviez pas entendu vous aussi, j'aurais cru rêver.

Ce que je n'ai pas précisé à Lily concernant l'oiseau des tremblements de terre, c'était que j'avais remarqué autre chose. Il n'entamait pas son chant simultanément avec le début des secousses, mais juste avant. Était-ce un rêve ? Si oui, c'était invariablement le même. Comment cet oiseau, ou cette boîte de conserve, ou cette botte pouvaient-ils savoir qu'un tremblement de terre était imminent ? J'y avais réfléchi quantité de fois. Naturellement, je pouvais me tromper. Au beau milieu de la nuit, rien n'est sûr. Mais si j'avais raison, était-ce un avertissement ou un symptôme ? S'il s'agissait d'un avertissement, quelle était son utilité quelques secondes avant l'événement, trop tard pour s'enfuir ou se cacher ?

Cette nuit, mon lit pourrait bien se trouver dans ce commissariat. Quels bruits vais-je entendre ? Des sirènes, pourquoi pas, des ragots de policiers. Des ivrognes qu'on enferme. Je m'étais imaginé que l'intérieur d'un commissariat serait sombre. Pas du tout, mais j'aurais apprécié qu'il le soit. Cette pièce est douloureusement lumineuse. Mes yeux sont fatigués et j'aimerais dormir un peu.

Dans la matinée, j'ai préparé le thé et je l'ai posé par terre, à côté de la tête de Lily.

— Merci. Ouh, j'ai dormi comme une souche. Une fois que ma tête a touché l'oreiller, je crois que je ne me suis plus réveillée.

— Sauf pour le tremblement de terre.
— Le tremblement de terre ? Il y a eu un séisme cette nuit ? Ça n'a pas dû me réveiller.
— Si. Toutes les deux, d'ailleurs.
— J'ai dû replonger tout de suite, alors. Me souviens de rien.

Quand on est à moitié endormi, il est facile d'oublier les événements survenus dans la nuit. Tout de même, je trouvais bizarre qu'elle ne garde aucun souvenir de s'être levée de son lit et cachée sous la table, aucun souvenir de notre conversation sur l'oiseau qui chante quand la terre tremble.

Nous nous sommes rendues à la gare ensemble. Elle était joyeuse et pétillante, et n'a fait allusion ni à la soirée de la veille, ni à Andy. À la gare, j'ai attrapé mon train pour aller travailler et elle est rentrée chez elle se changer avant de prendre le chemin de son bar.

Au travail, j'ai trouvé une lettre sur mon bureau. Les timbres de l'enveloppe étaient anglais, mais je n'ai pas reconnu l'écriture nette et ronde. La seule personne en Angleterre qui possédait mon adresse, c'était Lizzie. Nous ne nous écrivions jamais de lettres et je n'avais pas la moindre idée de ce qu'elle était devenue, si ce n'est que, tous les deux ou trois ans, nous échangions des cartes de Noël portant juste notre signature. Et d'ailleurs, Lizzie avait une écriture tout étirée, arachnéenne. Pendant un instant, je me suis dit, stupidement, que la lettre provenait peut-être du petit ami de Lily, mais il ne pouvait pas savoir qui j'étais, ni où je travaillais.

J'ai déchiré l'enveloppe et j'en ai extrait le contenu. J'ai fixé du regard la signature, plusieurs secondes, avant d'être en mesure de lire le reste de la page. Elle provenait de Jonathan, l'un de mes frères survivants, l'avant-dernier-né. Je n'avais déjà plus entendu parler de lui avant même d'avoir quitté la maison familiale. J'ai supposé que la cause de sa lettre devait être soit une blague, soit une mort.

Chère Lucy,

Cela fait très longtemps qu'aucun de nous n'a plus reçu de nouvelles de toi. Nous allons tous bien et nous espérons que toi aussi. Ta vieille copine de l'école, Lizzie, m'a donné cette adresse et j'espère que cette lettre te parviendra. Je suis tombée sur elle à la gare de Waterloo il n'y a pas longtemps. Elle se débrouille très bien à la BBC, elle est cadre dans les hautes sphères, mais ça tu es peut-être déjà au courant. Je me souviens que toutes les deux vous étiez très proches.

Maman ne se déplace plus beaucoup, ces temps-ci. Elle souffre d'une mauvaise arthrite, mais elle a encore l'esprit affûté, comme toujours. Ma femme, Felicity, passe tous les mardis et tous les dimanches pour voir comme elle va et lui apporter un ragoût ou un crumble aux pommes. Tu seras surprise d'apprendre que maman est devenue une sorte de poète et que quelques-uns de ses textes sont parus dans le journal local, le Recorder. *Nous sommes tous très fiers d'elle, comme tu peux imaginer.*

J'ai apporté quelques changements dans ma vie. Je suppose que tu ne les prendras pas comme des changements parce que tu ne sais pas ce que je faisais, avant. Permets-moi de te tenir au courant. Je menais une carrière dans la police, avec bonheur, depuis plusieurs années, et j'attendais ma promotion quand tout le cours de mon existence a changé de perspective. Tu vois, j'ai trouvé le Seigneur. C'est arrivé tout d'un coup et sans crier gare, alors que j'étais en train de tailler un rosier, lorsque j'ai vu un merle magnifique sautiller le long du mur à côté de moi. Pour la première fois de ma vie, j'ai compris qu'une créature aussi parfaite ne pouvait être uniquement le fruit d'un caprice de la nature ou le produit d'une prétendue évolution. Qui plus est, nous avions l'air de nous connaître, comme si nous avions été ensemble, jadis, dans un autre monde. Après ça, j'ai quitté la police et maintenant j'ai rejoint l'Église, où j'effectue ma formation de pasteur. C'était la bonne décision. J'ai rencontré Felicity à la chorale et nous nous sommes mariés l'an dernier. Elle est la chef de chœur et elle a une jolie voix. Nous sommes très heureux ensemble et nous espérons entendre le trottinement de petits petons dans un avenir pas trop lointain.

J'ai conscience, Lucy, que je t'ai toi — une sœur créée par Lui pour moi — et pourtant je ne te connais même pas. Ce serait bon d'avoir des nouvelles de toi un jour et de connaître toutes tes aventures, là-bas, dans l'Orient mystérieux.

Permets-moi de clore cette lettre avec un poème écrit par maman. Elle n'a pas dit pourquoi elle l'a écrit, mais j'ai la certitude qu'il est question de toi et de son vœu de te voir revenir un jour dans nos vies à tous. Je pense que tu le trouveras très touchant.

Bien à toi, en Notre-Seigneur
Jonathan

Le poème était recopié sur une feuille de papier à part. Je l'ai ouverte et l'ai repliée aussitôt, sans lire. Je me suis assise à mon bureau une vingtaine de minutes environ, en tambourinant des doigts, incapable de rien faire d'autre. Enfin, j'ai sorti le papier de l'enveloppe, je l'ai lentement déplié, et j'en ai entamé la lecture.

Soirées Sans Réconfort
par Miriam Fly

À présent les soirées ne m'apportent aucun réconfort
Rien que le thé dans ma tasse préférée
Quand je suis assise dans mon vieux, vieux fauteuil
Et que mon arthrite commence à faire des siennes

Il n'y a plus les bruits des enfants qui jouent
Ou leurs rires dans les chambres
Je vis dans une maison hantée
Avec un jardin rempli de tombes

Cependant la porte est toujours ouverte
Et j'aimerais que tu la franchisses
Pour m'apporter un peu de lumière bienvenue
Et pour ne pas dire que j'ai tout gâché

Même si je sais que j'ai tout gâché

J'ai ri à gorge déployée des vers de mirliton de Miriam, j'ai conclu que ce poème visait plus vraisemblablement à traduire son envie de voir Felicity franchir le seuil de sa maison avec un de ses ragoûts que son désir du retour de Lucy.

Mes sentiments envers Jonathan étaient un peu plus compliqués. Sa tentative de se lier d'amitié avec moi ne m'impressionnait guère, car elle faisait clairement partie d'un plan plus vaste pour se lier d'amitié avec Dieu, tout au moins le temps d'obtenir un boulot de Sa part. Pourtant, il est toujours excitant de recevoir une lettre par avion, dans son enveloppe rebondie et couverte de timbres. Il est impossible de refuser au moins un peu de gratitude à son auteur. Mais j'ai glissé la lettre dans un tiroir et j'ai résolu de n'en rien faire pour l'instant. Je l'en ressortirais d'ici quelques mois et je déciderais alors de répondre ou non par une carte de Noël. Je me demandais si Jonathan avait transmis mon adresse à Miriam. J'espérais que non. Je ne lui voulais aucun mal et j'espérais que son arthrite n'était pas trop douloureuse, mais je n'avais aucune intention d'aller la voir. Et je ne voulais plus de poèmes.

Je suis retournée à mon travail. On m'avait confié une traduction difficile, à remettre dans un délai de trois semaines. C'était un ensemble de manuels interminables traitant de la production d'un nouveau type de fauteuil roulant, et je ne comprenais rien aux diagrammes. En temps normal, les traductions longues et ennuyeuses, cela m'est égal, mais celle-ci me contrariait énormément. Elle était écrite dans un mauvais japonais et j'avais dû passer une journée à étudier la mécanique des fauteuils roulants rien que pour saisir les instructions. J'avais même construit une maquette de fauteuil en utilisant des tasses en papier, une vieille carte d'anniversaire et deux cure-dents. L'air conditionné n'arrêtait pas de les renverser par terre. J'ai fini par démolir et jeter le tout. Tous les jours, pendant trois semaines, je me suis mise au travail tôt le matin, jusqu'à l'heure du dernier train pour la maison. Au cours de ces semaines-là, je n'ai vu ni Lily ni Teiji. J'avais bien envie de voir Teiji mais quand il ne travaillait pas, je dormais. Cela ne laissait guère de possibilités. Toutefois, je l'avais dans la tête, et pendant que je travaillais à ma traduction, je décomptais les jours restant avant de le revoir. La seule personne à qui j'adressais la parole, c'était Natsuko. Elle était occupée elle aussi, mais nous prenions nos déjeuners ensemble, nous échangions nos griefs sur les dictionnaires et les diagrammes mal dessinés.

Au beau milieu de tout ceci, lors d'un déjeuner, Natsuko a suggéré de sortir pour une brève promenade.

— Je veux te montrer quelque chose, m'a-t-elle annoncé.

C'est l'une de mes phrases préférées. Cela m'était égal que la découverte en question ne soit pas grand-chose ou même une vilaine surprise. Ces mots seuls suffisaient à me donner cette sensation délicieuse, rappel des lumières qui s'éteignent dans un auditorium, juste avant le frisson du début.

J'ai suivi Natsuko dehors, presque en sautillant. Les rues étaient noires de monde. Shibuya fourmille d'adolescents à toute heure du jour, tous les jours de la semaine. Là-bas, il suffit d'avoir trente-quatre ans pour se sentir âgée. Pourquoi ces gamins n'étaient-ils jamais à l'école ? Nous nous sommes frayé un chemin parmi des foules de semelles compensées et de téléphones portables roses jusqu'à émerger dans une petite rue adjacente. Là, il n'y avait que des petites boutiques. L'une vendait des plantes en pots, une autre des vêtements d'époque. Ceci mis à part, c'était un quartier d'habitation, tranquille et silencieux. Des immeubles de logements à côté de vieux garages à côté de petites maisons.

— Tu vas adorer.

Natsuko avait confiance en tout ce qu'elle disait. Et sa confiance est toujours justifiée. Je ne l'ai jamais vue se tromper, et pourtant je sens bien à présent qu'elle soupèse mon rôle dans la mort de Lily.

— Je l'ai découverte la semaine dernière. Je suis venue ici à la recherche d'un coiffeur dont quelqu'un m'avait parlé mais sans pouvoir le trouver. Du coup, je suis contente de m'être perdue. Regarde.

Juchée sur un seau retourné, par terre dans la rue, elle a risqué un œil par-dessus le mur de pierre d'un jardin privatif. Sa queue-de-cheval frisée pointait derrière elle. Elle a regardé fixement une ou deux minutes, puis elle a sauté à terre.

— À toi de regarder.

À partir du niveau du sol, je pouvais déjà distinguer le petit jardin contenant deux pins en triste état. Par un interstice dans le mur, j'ai aussi entrevu des floraisons de rose et de blanc. Un chat roux est venu frotter son échine contre mes jambes, il a levé le museau vers moi, en miaulant. Je l'ai caressé jusqu'à ce qu'il en ait assez et se tourne vers Natsuko pour réclamer son affection. Je suis montée sur le seau.

Au centre du jardin, il y avait un camélia. Les feuilles étaient d'un vert chatoyant, avec des grappes de pétales rose pâle qui donnaient l'impression d'avoir été irriguées de sang par des capillaires minuscules. Ses branches noires étaient si magnifiquement incurvées, à distance si parfaite les unes des autres, qu'on eût dit un arbre dans un conte illustré, un arbre qui aurait dispensé d'étranges propriétés magiques si l'on s'était frotté à l'une de ses branches ou si l'on avait mordillé l'une de ses feuilles.

— Je n'ai jamais vu de camélia aussi beau.

Natsuko avait risqué un œil et son nez dans la fissure du mur.

— Je n'ai qu'une envie, rester ici toute la journée à le regarder.

Lucy n'entretient pas toujours un rapport aussi heureux avec les arbres mais il serait injuste de tous les condamner pour le crime d'un seul.

— C'est charmant.

J'ai regardé encore une bonne minute. L'image de l'arbre demeurera inscrite dans ma mémoire à jamais, non en raison de sa beauté — il est beau, certes — mais parce qu'il a rendu Natsuko heureuse à un point incroyable et parce qu'elle m'a emmenée le voir.

— Merci de m'avoir amenée ici.

— Je t'en prie. Si jamais j'ai ma propre maison un jour, dans mon jardin je veux un arbre semblable. Pour ça, il faudrait que je m'achète cette maison-ci, j'imagine. Il ne peut pas exister un autre arbre exactement pareil à celui-là. Enfin, quand même, ça me plairait de chercher. Mais d'avoir cet arbre, ça me rendrait heureuse pour toujours. Si je possédais cet arbre, je ne désirerais plus rien d'autre.

Natsuko (Lucy l'a déjà évoqué) avait le sourire facile, mais durant ce court moment de détente hors de notre bureau exigu, son sourire a gagné tout le visage, la bouche, les yeux, les pommettes, le nez et le menton. Même sa frange si élastique possédait un surcroît de ressort. Je crois que c'était contagieux car, sur le chemin du retour au bureau, je me suis sentie le pied un peu plus léger.

J'ai terminé ma traduction sur les fauteuils roulants le jour J. Je suis rentrée à la maison et j'ai appelé Teiji, espérant le voir vite. Il ne pouvait pas venir au téléphone. Il était occupé et ces prochaines semaines il allait travailler tous les soirs au restaurant. J'étais amèrement déçue. Je me suis demandé s'il était réellement occupé ou s'il broyait encore du noir à cause de Lucy qui avait ouvert ses boîtes et posé les yeux sur ses photos. Ou à cause de Sachi. En un sens, en l'arrachant brutalement à sa place, au milieu de cette boîte, l'avais-je fait resurgir à l'air libre ? À l'heure qu'il était, se trouvait-il avec Sachi ou pensait-il à elle ?

Mais je me montrais peut-être injuste. Durant cette même période, j'avais bien été réellement très accaparée par mon travail. Il n'y avait aucune raison pour que Teiji n'ait pas à travailler dur, lui aussi. Je suis restée dans mon appartement, je m'ennuyais, je me sentais seule, j'essayais de ne pas penser à Jonathan et Felicity, ou à Miriam dans son vieux, très vieux fauteuil avec son crumble aux pommes. J'hésitais à appeler Lily.

Et puis le téléphone a sonné. C'était Lily. Elle m'appelait pour m'annoncer qu'elle allait quitter le Japon à la fin du mois.

— Pourquoi ?

— Je n'ai pas ma place ici. Je ferais mieux de rentrer chez moi et de me confronter à ma véritable existence. J'ai besoin de retourner à mon métier d'infirmière. Serveuse dans un bar, ça me convient tellement mal. C'est bien simple, tout va de travers, voilà.

— Mais, et Andy ?

— Il se peut que je ne tombe pas sur lui.

— Bien sûr que si. Qu'est-ce qui te prend ? Tu n'as pas envie de te replonger dans tous les problèmes que tu as laissés derrière toi, non ?

— Je me suis peut-être montrée dure avec lui.

Elle parlait d'une voix feutrée, le ton était un rien sentimental.

— Il me manque un peu. Tant que je ne songeais pas à lui, ça allait, mais maintenant j'y pense, je l'ai de nouveau dans la peau. Subitement j'éprouve un vrai mal du pays et j'ai envie de rentrer. À Tokyo, je ne serai jamais chez moi.

— Comme tu voudras.

J'ai raccroché le téléphone brutalement et je me suis demandé pourquoi j'étais si tourneboulée. Cela ne me regardait pas. J'aurais dû être contente d'être débarrassée d'elle.

La vérité, c'était que j'avais fini par m'habituer à sa présence dans les parages. Avec elle, je me trouvais capable, futée, je me sentais à Tokyo comme chez moi. Et puis autre chose, aussi. Quand j'étais seule la nuit, je fermais les yeux, et je me rappelais toujours le moment où j'avais trébuché à flanc de montagne, cette douleur cuisante à la cheville. Ce souvenir me conduisait ensuite à des pensées plus profondes, à tous les gens que j'avais perdus, aux désastres dont j'avais été la cause. Et puis au contact des doigts de Lily, quand elle m'avait soignée. Ses mains chaudes d'infirmière m'avaient apaisée jusqu'à me plonger dans le sommeil ; si jamais je devais faire une autre chute, elles étaient là, présentes. Je ne voulais pas qu'elle parte.

Mais ma motivation n'était pas de pur égoïsme. À la pensée que Lily retourne à Hull, auprès d'Andy, je me sentais déprimée pour elle, car Lucy ne peut pas entendre parler des projets d'une autre personne sans les vivre dans sa tête. Toutefois, j'avais beau évoquer tout ça mentalement, Andy et Lily étaient voués à mal finir. Lily avait goûté à l'évasion et retourner en captivité ne fonctionnerait jamais. Non, c'était un mauvais dessein et le but de Lucy, c'était de garder Lily au Japon, tout au moins encore un petit laps de temps.

J'avais une idée. L'idée d'un endroit. Pour Lucy et Lily, pouvait-il exister un meilleur site à visiter au Japon que celui auquel je venais justement de penser ? Durant des siècles, cette île désolée, vers le nord, avait fourni un exil pour les criminels et les individus politiquement indésirables. Pour ces deux exilées des temps modernes, l'endroit était parfait. J'ai rappelé Lily.

— Viens avec moi dans l'île de Sado.

— Où cela ?

— C'est une île de la mer du Japon. J'ai toujours eu envie d'y aller et là, j'y vais. Je t'en prie, accompagne-moi. C'est un endroit magnifique... j'ai lu quelque chose dessus... avec plein de temples et un ciel bleu et limpide. Mme Katoh, mon amie qui jouait de l'alto, elle était originaire de là-bas et depuis j'ai toujours eu envie de visiter l'endroit. Nous pourrions aussi passer un moment à Niigata, dans les montagnes, si tu voulais. Tu ne peux pas quitter le Japon sans être sortie une fois de Tokyo, et la colline insignifiante que nous avons escaladée à Yamanashi, ça ne compte pas.

— Alors, quand ?

— Dans un mois. Pour un week-end prolongé.

— C'est loin ?

— Oui, assez. C'est pour ça que nous allons là-bas. C'est loin de Tokyo.

— C'est très tentant. Mais au fait, tu n'as pas envie d'y aller avec Teiji ?

— Je ne sais pas.

Vraiment, je ne savais pas.

— Je ne l'imagine pas en dehors de Tokyo, mais il se pourrait que ça lui fasse envie. Enfin, ça, peu importe. Et toi, alors ?

— Je pense que ça me plairait. Oui, ça me plairait.

— Alors, c'est décidé. Et ne pense plus à quitter le Japon, en tout cas pas avant un mois.

J'ai reposé le combiné, contente de moi.

9.

— Teiji, il y a quelque chose que j'aimerais bien faire.

J'ai enfoncé le bouton marche de son lecteur de CD pour interrompre le morceau qu'il écoutait, du jazz électronique.

— J'ai envie de sortir dans une soirée avec toi.

Je n'aimais pas spécialement les soirées, mais la musique forte et l'alcool, si. Au temps où j'étais étudiante, je n'allais dans les soirées que dans le but de lever des types suffisamment saouls pour coucher avec moi. Je détestais les échanges de banalités dans la cuisine et la queue devant la salle de bains. Les larmes et les crises de celles qui s'étaient fait rejeter, cette dépense inutile d'énergie, tout ça me barbait. Lucy allait dans les fêtes avec un objectif clair. C'était relativement simple. Vous finissiez perdante ou gagnante, et si vous finissiez perdante, vous retentiez votre chance la fois d'après. Mes sentiments n'avaient guère changé et je n'avais jamais éprouvé l'envie particulière de fréquenter les soirées à Tokyo, mais je me figurais que Teiji, lui, si. Après tout, il avait passé des nuits et des nuits dans des fêtes avec Sachi.

Teiji était devant l'évier de la cuisine, en train de laver sa seule et unique tasse. Elle était vert clair, ébréchée. Il l'a soigneusement rincée et il s'est retourné pour me regarder, en la tenant entre ses deux mains, comme s'il s'agissait d'un objet précieux.

— Ou alors en boîte ?

J'étais de plus en plus sur les nerfs.

— Si tu veux. Ce soir nous pourrions sortir en boîte. Tu as pensé à quel genre d'endroit ?

— Je ne sais pas.

Il a éclaté de rire.

— Tu devrais réfléchir avant de proposer d'aller quelque part.

— Je pensais... Il y a bien des endroits où tu avais l'habitude de sortir ?

Il a poussé un soupir, attrapé le torchon à vaisselle et commencé de sécher la tasse. Pendant un moment, il n'a plus parlé, puis il s'est approché de l'endroit où je m'étais agenouillée, à côté du lecteur de CD.

— Avec Sachi. Je sais. Je n'ai plus envie de me rendre dans ces endroits-là. Elle n'est pas là et ça me paraîtrait étrange. En tout cas, je n'en ai pas envie. Si tu as envie de sortir, alors j'ai une idée. Je connais un nouveau club de jazz, pas trop loin d'ici. L'un de nos clients y va tout le temps. Il me dit que c'est petit, confortable, un peu inhabituel.

— Tu ne m'en avais jamais parlé.

— Je ne l'ai appris que voici deux jours. Je ne savais pas que ça t'intéressait.

— Mais si. Ça m'a l'air bien.

C'était la première fois que Teiji et moi prévoyions de sortir quelque part ensemble et ça ressemblait à un rendez-vous. Je ne me maquille jamais et je ne possède pas de jolies tenues, mais avant de sortir j'ai jeté un coup d'œil dans le miroir, brossé mes cheveux et lancé un clin d'œil aguichant à mon reflet.

Notre allure importait peu. L'endroit était si sombre qu'une fois assis, nous discernions à peine les autres tables. Les murs se fondaient en ombres bleu-noir et, même si la salle était petite, il était difficile d'en distinguer le bout. Le piano et le sax jouaient dans une lumière vague et poudreuse. Il n'y avait guère plus de quelques mètres entre eux et nous, et malgré tout la lumière paraissait les repousser très loin. Leur musique était mélancolique et caressante. Elle me réchauffait comme un grog, elle m'inspirait cette espèce de sensation qui dessine un sourire sur mon visage avant même que je me sache heureuse.

La peau de Teiji chatoyait dans la lumière de notre bougie minuscule, comme une couche superficielle de glace en train de fondre, et je me suis souvenue de notre première rencontre, quand il ressemblait à de l'eau. Cette pensée-là a éveillé en moi une vive excitation. Teiji, ma statue d'homme de glace. J'ai bu une gorgée de gin, j'en ai savouré le goût, le contact du pied de mon verre entre mes doigts. Mon autre main est passée sous la table, elle est venue lisser le pantalon de Teiji. Je l'ai senti durcir. Je l'ai doucement caressé avant de boire une autre gorgée de gin. Il a incliné la tête vers moi avec un sourire en coin, ses lèvres ont effleuré mon visage et embrassé ma joue. Il a glissé le bout des doigts à l'intérieur de mon jean, à l'intérieur de moi, j'ai eu un claquement de langue, et nous nous sommes embrassés, nous nous sommes laissés glisser de nos chaises capitonnées sur le sol noir où Teiji s'est allongé sur le dos, les bras levés pour m'accueillir, et je l'ai baisé. Le reste de mon gin s'est renversé sur sa figure et, la musique plaintive du saxophone dans les oreilles, je l'ai léché. Dans notre coin sombre, personne ne nous a remarqués, ou ne s'est donné la peine de nous en empêcher. On aurait presque dit que tout ceci, l'obscurité de ce club, le travail invisible des serveurs, était un fait exprès. Je l'admets, j'espérais plus ou moins que l'on se fasse prendre. Je pensais enfin que Sachi avait disparu. J'avais envie que le monde entier le sache : Teiji m'appartenait.

Dans ma tête, je n'arrive toujours pas à retrouver clairement sa voix, et du coup je conserve une approximation de son langage, mais il y a des mots qui ne s'oublient jamais, car après avoir été prononcés ils se répètent tant et tant de fois avec une telle netteté. Le lendemain matin, Teiji m'a tenu un propos d'une telle clarté que je ne peux l'effacer de ma mémoire. À mon réveil, il était allongé à côté de moi, et il m'observait. L'appareil photo n'était en vue nulle part.

— Tu es un peu étrange, m'a-t-il déclaré.

L'a-t-il dit en anglais ou en japonais ? Si c'était en anglais, le mot « étrange » n'avait peut-être pas de consonance aussi péjorative. Dans une société individualiste, cela pouvait être pris comme un compliment. Mais s'il m'a parlé en japonais, il m'a probablement dit que j'étais *hen,* et là, ce n'était plus si agréable. C'est certain, on est étrange ou on ne l'est pas. L'expression de son visage m'avait inquiétée. Il avait l'air nerveux, peut-être même apeuré. Je n'avais pas de réponse, dans aucune de nos deux langues.

Depuis l'âge de cinq ans environ, Lucy s'était entendu dire « tu es étrange ». À ses yeux, c'était normal et donc elle ne comprenait pas ce qu'était l'étrangeté, ni pourquoi elle était ainsi. Mais ce matin-là, elle avait su qu'elle allait perdre Teiji. À en juger d'après son air, elle avait compris qu'il ne se sentait pas aussi proche d'elle que Lucy l'avait cru. Elle n'avait pas essayé de discuter ou de réfuter son avis. Pas plus qu'elle ne lui avait demandé ce qu'il entendait par là. On aurait pu arguer qu'il était lui-même fort peu conventionnel, pour le moins — par exemple, il traînait la nuit dans les boîtes, à prendre des photos de rien qu'il ne montrait à personne — et que c'était un peu l'hôpital se moquant de la charité. Mais sur le moment cela n'était pas venu à l'esprit de Lucy car Teiji était Teiji, tout simplement. Ce n'était pas une question de normalité ou d'étrangeté. Elle aurait pu en rire, s'il en avait ri lui aussi, et si elle avait senti que tout ça n'était qu'une blague. Mais ça ne ressemblait nullement à une blague. Elle avait fermé les yeux et fait semblant de dormir.

Bien plus tard, elle était rentrée chez elle, et n'était pas retournée chez lui la nuit suivante, par crainte de ne pas l'y trouver, ou que, du haut de son balcon, il ne lui crie de s'en aller parce qu'elle avait vraiment l'air trop étrange, vue de là-haut.

Je me suis lancée dans mes préparatifs de départ pour l'île de Sado, et j'ai décidé que je reverrais Teiji à mon retour, afin de réparer les dégâts que j'avais causés. Sa remarque avait un motif, voyez-vous. Sa réflexion « Tu es un peu étrange » ne venait pas de nulle part. Il ne s'était pas réveillé au petit matin pour subitement s'apercevoir que cette femme, à ses côtés, était d'une originalité déconcertante. C'était Lucy qui avait suscité cette réflexion, par une anecdote qu'elle lui avait racontée le soir précédent, alors que nous rentrions du club de jazz avec des pensées érotiques, mais passablement éméchés. C'était cette histoire, je crois, qui avait maintenu Teiji éveillé toute la nuit tandis que moi, m'étant soulagée de ce qui me pesait, je dormais comme un bébé. Dans la matinée, à mon réveil, il m'avait dévisagée et m'avait déclaré : « Tu es un peu étrange », et je n'avais pas saisi ce qu'il voulait dire.

Ce que j'avais choisi de partager avec lui, c'était ma toute première rencontre d'ordre sexuel, la première fois que Lucy avait croqué la pomme. Je la lui avais racontée car, lorsqu'il était allongé au lit à côté de moi, je repensais à Sachi et à mon larcin de ses secrets. Je pensais pouvoir, grâce à une révélation de mon cru, lui rendre pour partie la confidence que je lui avais dérobée ce soir-là. Je croyais aussi que, comme la première fois que je lui avais révélé mes propres histoires, il s'endormirait et n'en retiendrait pas un mot.

Adolescente, Lucy était encore moins attirante qu'elle ne l'est à présent et, vu l'hostilité encore plus grande de son public, les garçons ne la suivaient pas et elle n'en avait d'ailleurs aucune envie. Elle ne s'intéressait qu'au violoncelle et à ses langages secrets. Elle avait fini par accepter l'idée que certaines filles avaient un petit ami, et d'autres pas. Dans le même ordre d'idées, Lucy savait que se maquiller et porter des vêtements à la mode n'était pas dans sa destinée.

Un dimanche après-midi, alors que Lizzie était alitée, en pleine crise d'hypochondrie, Lucy s'était retrouvée à la porte d'une autre camarade de classe. Cette fille s'appelait Caroline et Lucy avait, croit-elle à présent, une raison de frapper à sa porte : il était question d'un exposé de géographie.

Le professeur de géographie leur donnait toujours des devoirs sans intérêt, comme de calculer la quantité de blé nécessaire pour alimenter en pain tout l'East Yorkshire. Lucy trouvait son enseignement médiocre, du plus pur esprit de clocher parfaitement hors sujet. On ne lui enseignait ni la carte du monde, ni les noms des pays, et les découvertes qu'elle aurait faites en les visitant. La seule raison qui l'avait amenée à si bien connaître son atlas, à savoir nommer la capitale de tous les pays du monde dès l'âge de treize ans, c'était qu'elle consacrait des heures à les étudier, le soir. D'autres élèves de sa classe, qui ne savaient pas distinguer l'île de Wight de l'Australie, obtenaient néanmoins des notes excellentes, tout simplement parce qu'elles étaient capables de reconnaître quatre espèces différentes de cochons. Lucy avait appris les grandes cités et les petites villes, les langues, la musique de tous les pays les uns après les autres, mais elle n'accordait qu'un minimum d'attention aux problèmes de l'agriculture locale : elle en faisait une affaire de principe. Elle se satisfaisait de ses études d'autodidacte, mais elle fut un peu troublée en découvrant, bien des années plus tard, que l'atlas rangé sous son lit était une vieille édition. Tous ces endroits rêvés, Ceylan, Formose, la Perse et le Siam, apparaissaient désormais sous d'autres noms, moins exotiques.

Elle était entrée dans la maison en suivant la timide Caroline dans le vestibule où régnait une odeur de bacon, et jusque dans la pièce du fond. Le père de Caroline revenait du jardin et les avait saluées d'un « bonjour » chaleureux. Il était étranger. Dans le petit village d'enfance de Lucy, c'était un trait pour le moins original. Il y avait peu d'étrangers dans les parages, et lui, il prenait ça tellement à la légère. À la coopérative, elle avait entendu raconter qu'il était russe, mais à son arrivée en Angleterre, il avait pris un nom anglais, Brian Church. Caroline avait toujours nié qu'il soit autre chose que citoyen britannique, en dépit de son accent qui le trahissait. Lucy avait lu des livres sur la Russie et elle croyait que Brian Church avait pour nom véritable Brian Tchekhov. Elle l'avait quelquefois entendu parler dans les boutiques du coin, d'une voix rocailleuse, une voix qui évoquait les espions et la vodka. À la coopé, quand il discutait avec un autre client du prix du pain, elle l'écoutait depuis l'autre bout du rayon. Elle mourait d'envie de l'entendre parler de la Russie, mais cela n'arriva jamais. C'était donc avec une certaine excitation qu'elle s'était assise dans la pièce du fond avec son exposé de géographie sous le bras, et qu'elle lui avait rendu son bonjour.

Il avait quitté la pièce aussitôt, et Lucy avait parcouru ce salon du regard, en quête de poupées russes, de chaussons de ballet, de peaux d'ours, n'importe quoi.

Il existe une lacune dans ce récit, un laps de temps dont le contenu, ce qui s'est passé au juste, persiste à lui échapper, mais durant lequel elle avait dû travailler sur son exposé avec Caroline. Elles avaient sûrement discuté blé ou maïs, histoire de trouver quelque chose à écrire. Peut-être avaient-elles dessiné le plan d'une ferme. En revanche elle sait ce qui s'est produit après ça.

Elle était au premier étage, sur le palier, devant l'entrée de la salle de bains. Elle avait essayé d'ouvrir la porte, mais l'avait trouvée fermée à clef. La chasse d'eau s'était déclenchée et le père de Caroline en était sorti, en se séchant les mains sur son pantalon. Il lui avait souri entre ses dents couleur beurre frais et s'était excusé. Elle avait mis cet instant à profit pour le dévisager de ses yeux perçants, les plonger dans ses pupilles qui étaient si russes et qui avaient vu une autre vie, un autre pays.

Elle avait envie de découvrir sa vie, de la lire comme un livre.

Déconcerté, il lui avait rendu son regard. Les lèvres pincées, des gouttes de sueur étaient venues perler juste au-dessus de ses épais sourcils froncés. Il l'avait suivie dans la salle de bains et, avec quelques ahanements, l'avait débarrassée de la virginité qu'on l'avait si longtemps forcée d'endosser. Une vingtaine de minutes plus tard, en quittant la maison, Lucy se sentait tout endolorie, avec pour ainsi dire la forme d'un bouchon logée à l'intérieur de sa cuisse, tel un tatouage.

Durant les deux semaines qui avaient suivi, je m'étais crue à moitié russe. Je m'étais rebaptisée Olga, et j'avais baptisé le bébé Natacha, ce bébé qui, croyais-je, poussait à l'intérieur de moi. Ce furent des journées excitantes et pleines de tension. Et puis, un matin, Caroline n'était pas venue à l'école et j'avais appris que son père était parti en mer la veille dans l'après-midi, à bord de son canoë. Il ne s'était pas donné la peine de revenir, et dans la soirée la mer avait rejeté son corps sur la grève. De mon état de demi-Russe, j'étais passée à celui de demi-morte. Et je ne portais aucun bébé au-dedans de moi. Je ne portais rien du tout. Quand les journaux locaux avaient évoqué l'incident, Lucy avait découvert que Brian Church n'était pas originaire de Russie, mais des Pays-Bas.

Pendant que je lui racontais mon histoire, Teiji avait un bras autour de ma tête. Il s'est frotté le nez contre ma joue, si bien que mon duvet m'a démangé. Quand j'ai abordé la partie concernant le suicide de Brian Church, il s'est un peu écarté de moi. Je m'en suis à peine aperçue, si ce n'est que mon visage est devenu tout froid. Je me suis demandé si par hasard je n'en avais pas trop dit, mais là-dessus je me suis endormie.

Le lendemain, il passait entre nous comme un courant d'air glacé. Il s'est efforcé de ne pas montrer que je l'avais choqué, mais moi je le savais. Dans l'après-midi, alors que nous nous rendions à la gare à pied, il a pris une photo de moi, mais ce n'était pas pareil. Cette fois, le déclic de l'obturateur ne s'inscrivait pas naturellement dans ses mouvements, dans son mode d'être inconscient, habituel. Il a regardé dans le viseur, changé de place, l'air préoccupé, s'est rembruni, l'air irrité, et puis il a pris cette photo, avec résignation.

— Teiji, ai-je fait.

Mais je ne trouvais pas les mots pour continuer. Je ne savais pas quoi lui dire, car je n'avais aucune idée de ce qu'il avait en tête. Cela tenait peut-être au fait que j'étais si jeune, que Brian Church était si vieux, que j'avais poussé un homme au suicide, que j'avais baisé avec le père d'une camarade d'école, que Teiji ne pouvait supporter le fait que j'aie couché avec un autre homme. Il a pu penser que, comme Sachi, Brian Church appartenait au passé et qu'il était déplacé de le ramener à la surface. À présent, il n'y avait plus moyen de s'en défaire.

Teiji a braqué son œil brun translucide sur mon visage, peut-être dans l'espoir d'annuler la nuit précédente, d'un mouvement susceptible de renvoyer mon histoire là d'où je l'avais exhumée. Mais cela dépassait les pouvoirs de Lucy.

10.

L'île de Sado est située dans ce Nord-Est de l'infortune, mais également dans ce Nord-Ouest non moins infortuné, selon l'endroit où vous vous trouvez et qui vous êtes. Dans l'ancien temps, lorsque Kyoto était la capitale du Japon, tout territoire au nord-est de la cité pouvait être porteur d'infortune, et cela comprenait l'île de Sado, bien sûr. J'ai appris cela de la bouche de Mme Katoh qui, en laissant son mari et son fils sur cette île, était venue à Tokyo en quête d'un certain bonheur. Du fait de la situation si malheureuse de cette île, de nombreux temples la défendent contre les mauvais esprits. J'y ai souvent songé. Et si le petit rire inlassable de Mme Katoh constituait aussi une défense contre le mal ? À moins qu'elle n'ait commencé à rire dès son arrivée à Tokyo, ou lorsqu'elle avait trouvé Mme Yamamoto et la maison à la glycine au-dessus de la porte, avec de la musique à l'intérieur ? Mais pour moi, il en allait autrement. En partant de Tokyo, Sado se situe au nord-ouest, et pour Lucy ce point cardinal était plutôt signe de malchance. Elle avait lu Kinkakuji et s'était identifiée avec le moine tragique qu'une diseuse de bonne aventure avait averti de ne pas emprunter la direction du nord-ouest car cela lui porterait malheur. Ce qu'il fit pourtant. Cela ne m'avait pas dissuadée de m'engager sur la route du nord-ouest : en tout état de cause, le malheur m'attirait dans cette direction. Comme Mizoguchi, ce monstre bégayant, j'étais incapable de me sentir le moindre lien avec un endroit si vulnérable au mauvais œil.

Lily m'attendait sur le quai d'une gare, à Tokyo. Nous devions prendre le shinkansen pour Niigata, et de là embarquer pour l'île à bord d'un ferry. J'avais informé Teiji de nos projets, mais je ne m'attendais pas à ce qu'il nous accompagne. Que je sache, depuis son arrivée à Tokyo, à l'âge de quatorze ans, pour y retrouver l'oncle Soutaro, Teiji n'en était jamais ressorti. Pourquoi en aurait-il eu envie ? Avec son appareil photo et ses longues nuits solitaires dans les rues, il était venu pour saisir Tokyo dans sa forme illimitée, telle une voix qui l'interpellait avant de s'enfuir et de se cacher. Pour Teiji, chaque rue, chaque pont, chaque rivière représentait un lien de plus dans la spirale qui l'entraînait sans fin vers l'extérieur. Pourquoi aurait-il eu envie de réfuter cette vérité de façon si comique, en grimpant dans un train et en franchissant les limites physiques de la cité pour, au-delà, apercevoir la ligne bien nette, le seuil où Tokyo s'arrête, où commence la campagne ? Et naturellement, j'étais convaincue qu'il n'aurait aucune envie de faire ça en ma compagnie. J'étais trop étrange.

La thèse de Lucy était partiellement fausse, car deux minutes après avoir retrouvé Lily, alors que je la conduisais vers la bonne partie du quai, j'ai aperçu Teiji. Il venait de franchir les portillons et me faisait signe de la main. J'ai sauté en l'air de joie. Lily m'a agrippé le bras.

Quand il est arrivé à ma hauteur, je l'ai serré contre moi. Serrer Teiji dans ses bras, cela n'avait rien d'une étreinte normale car il ne réagissait pas de la manière habituelle. Il ne vous étreignait pas à son tour, et pourtant il ne restait pas non plus froidement planté là, comme si c'était une vieille tante qui l'embrassait. C'était en quelque sorte un entre-deux, que j'étais incapable de sonder. J'ai passé mes bras autour de lui, je l'ai à peine étreint — juste assez pour ressentir l'empreinte sans pareille de sa chaleur et de ses muscles — et je me suis écartée de lui pour ne pas risquer de le mettre mal à l'aise.

— Je n'aurais jamais cru que tu viendrais, lui ai-je avoué.

— La mer me manque.

Il a inspiré profondément, comme s'il humait déjà l'air marin.

— Longtemps, j'ai aimé l'océan, mais je n'y vais plus. Et je ne voulais pas que tu y ailles sans moi.

À cela, j'ai souri, et je pense que ses paroles ont résonné en moi tout le long de la route vers Sado.

Notre périple nous éloignait du cœur industriel du Japon, en direction des champs de riz verdoyants et des collines de la campagne. J'ai obligé Lily à s'exercer au japonais en lui montrant tous les paysages et les moindres détails qui défilaient devant nous, afin qu'elle répète leurs noms. Au début, elle ne voulait pas.

— C'est trop difficile. Regarde-moi. Je n'ai même pas eu mon examen de français.

— Peu importe, là, c'est du japonais et aujourd'hui tu ne passes pas d'examen. Regarde, là-bas. Tu vois ? C'est un mori.

— Où ça, quoi ?

— Devine, lui a lancé Teiji.

Il était assis de l'autre côté du couloir central. Il s'est tourné sur son siège pour se joindre à la leçon, un pied posé sur l'autre. Son pantalon pochait, on eût dit qu'il n'y avait pas de jambes à l'intérieur, rien que du coton fripé.

Lily a rougi. Être nulle dans cette langue devant moi, cela lui était égal, mais devant un Japonais, cela la gênait vivement. Lucy souffre du même syndrome, mais à l'envers. Je me suis toujours moquée de commettre des fautes face à un interlocuteur dont le japonais est la langue natale, mais si c'est un non-Japonais qui m'écoute, je préfère m'exprimer parfaitement.

— Ça... la montagne ?

Elle a pointé un doigt hésitant vers l'un des nombreux sommets très élevés qui se dessinaient sur la ligne d'horizon.

— C'est un *yama.*

Teiji était un gentil professeur. Il vous corrigeait si bien que vous appreniez les deux mots — le mauvais et le bon — sans plus jamais les oublier.

— *Yama.* Les arbres, ensuite. Mori, ça signifie arbre ?

— Presque. C'est très proche. Essaie encore de deviner.

La leçon m'amusait. C'était comme de regarder un enfant identifier les objets les plus simples pour la première fois.

— Les feuilles des arbres ?

— Non. Les feuilles, c'est *ha.*

— C'est facile à retenir. Ha, ha, c'est une feuille.

Elle était ravie de cette notion, et elle a souri de sa vivacité d'esprit.

— Mais tu pourrais oublier et dire, *haha,* c'est une branche, a poursuivi Teiji avec un grand sourire.

— Pourquoi lui apprendre les deux ?

Je trouvais que ça n'aiderait pas Lily.

— Tu pourrais aussi bien lui expliquer *haha* c'est un trottoir, ou *haha* c'est un arrêt de bus.

— Ne m'embrouillez pas. Branche. *Mori,* c'est une branche ?

— Branche, c'est *eda.*

— *Yama, eda, ha.* D'accord, ceux-là, j'ai pigé. Je renonce. *Mori,* ça veut dire quoi ?

— Pas question. Tu dois le découvrir par toi-même.

D'épaisses forêts recouvraient les montagnes d'un

vert foncé, duveteux. Il n'y avait rien d'autre à voir que ça. Je me suis demandé si Lily n'avait pas un problème de vue.

— Je vais te mettre sur la piste.

Teiji a fouillé dans ses poches, et puis dans son sac à dos.

— Qu'est-ce que tu cherches ?

— Tu n'as pas un stylo, ou un crayon et un bout de papier ?

— Non.

Lily a haussé les épaules.

— Je n'emporte jamais rien, sauf mon porte-monnaie et ma bombe de laque. Et mes dessous, bien sûr, quand je pars en voyage. Et une brosse à dents et...

— Tiens.

J'ai tendu à Teiji un crayon tout mâchonné et un ticket de caisse. Au dos du ticket, il a écrit l'idéogramme en kanji moderne pour *mori*, douze coups de crayon, simples mais adroits, nettement tracés.

森

— C'est comme ça qu'on écrit *mori*. Qu'est-ce que ça t'évoque ?

— Une lettre japonaise.

— Observe la forme.

Lily a observé le caractère, les trois racines formant un triangle.

— Des arbres. Trois petits arbres.

Teiji a posé le doigt sur deux de ces arbres, en laissant le troisième bien visible.

— Ça, tout seul, c'est un arbre. Alors, les trois ensemble, ça signifie quoi ?

— Plein d'arbres. Une forêt ?

— Tu es une bonne élève, a-t-il concédé, et il m'a tendu le crayon.

Je crois que nous étions tous deux soulagés qu'elle ait trouvé.

Après ça, j'ai fait un petit somme, et j'ai écouté Lily répéter ses nouveaux mots.

— *Yama, hashi, ki, eda, eki, ha, mori.*

Montagne, pont, arbre, branche, gare, feuille, forêt.

Les collines ont laissé la place à des montagnes escarpées, et finalement nous sommes arrivés à Niigata. Nous nous sommes dirigés droit vers le port et nous avons embarqué à bord du ferry. Nous laissant gagner par cette véritable atmosphère de vacances, nous avons couru pour choisir sur le pont la meilleure place d'où voir peu à peu disparaître la grande île principale du Japon. Nous quittions le Honshu en direction du mauvais sort, droit vers la terre des exilés, battue par les orages. Je délirais de bonheur.

La traversée a pris plus d'une heure et la mer était calme. Lorsque nous sommes arrivés à Sado, l'après-midi était très avancée. Le ferry est venu accoster dans le port de pêche de Ryotsu et nous sommes descendus sur la terre ferme. Lily scrutait les montagnes noires qui se dressaient derrière la petite bourgade. Elle a regardé sur la gauche, puis sur la droite, et de nouveau sur la gauche, tâchant de prendre la mesure de leur beauté brute avec ses grands yeux vides. Teiji s'est retourné face à la mer, vers la baie sauvage où nous venions à peine de pénétrer. Il a éclaté de rire, en reculant d'un pas chancelant. Une rafale de vent l'a cueilli et il a tournoyé, les bras écartés. Subitement, il a titubé et il a eu l'air sur le point de tomber, mais avant que ses genoux aient heurté le sol, il s'est redressé d'un bond. Il m'a rappelé l'épouvantail du *Magicien d'Oz*. J'ai ri de lui.

À Ryotsu, nous sommes descendus par des petites ruelles, en humant l'air chargé d'odeurs de poisson. Au pas de course, nous avons effacé les angles des rues, jeté un œil par les fenêtres des petites maisons de bois. Teiji a ramassé un bout de filet de pêche et m'a pourchassée dans les ruelles endormies. Les gens nous regardaient en souriant. Personne ne semblait se formaliser de son menu larcin. Lily hurlait derrière nous : « Ne le balance pas sur elle. Elle va puer le poisson. Ne lui fais pas de mal ! »

J'ai couru et je me suis cachée entre deux maisons. Lorsque Teiji est arrivé à ma hauteur, j'ai vu qu'il avait perdu ma trace, mais je ne savais pas trop que faire. Il avait encore le filet en main. J'ai chargé droit sur lui, par-derrière, et j'ai tenté de le lui arracher des mains. Il s'est retourné d'un coup et, le visage fendu d'un grand sourire, le plus grand que j'aie jamais vu, il a bordé le filet au-dessus de nos deux têtes et m'a doucement attirée dans ma cachette. Je l'ai repoussé mais il était trop fort pour moi.

— Maintenant je te tiens, m'a-t-il prévenue. Tu ne t'enfuiras plus jamais.

Et il a tenté de m'embrasser, mais quelque chose s'est décroché du filet, au-dessus de sa tête, lui a effleuré la joue et l'a touché à l'épaule. Il a dû prendre ça pour une espèce d'animal ou d'insecte, car il a sauté avec un cri de dégoût, et s'est fouetté la nuque à plusieurs reprises. Le truc est tombé par terre. C'était un minuscule morceau de corde, détaché du filet. J'ai ri tellement fort que j'en suis tombée à la renverse, entraînant Teiji avec moi. Lily s'est précipitée, hors d'haleine, et nous a découverts affalés, luttant au milieu de nos rires pour nous libérer de ces mailles. Elle a rougi et battu en retraite.

— Désolée.

— Tout va bien. On ne fait rien du tout, l'ai-je rassurée.

— On riait juste.

Des larmes coulaient sur les joues de Teiji. Je les lui ai essuyées et les ai fait pénétrer dans mes mains, pour les conserver.

Lily nous a aidés à nous relever et nous sommes

retournés vers le filet. Nous avions prévu de louer une voiture pour visiter l'île et nous avons suivi les écriteaux signalant un endroit où nous pourrions en dénicher une à bas prix. À notre arrivée, nous nous sommes tous trois retrouvés devant la vitrine de la boutique d'à côté, avec son étalage de mobylettes et de bicyclettes à louer.

— Ça serait marrant, a remarqué Lily.

— Circuler en voiture, c'est un peu claustro.

Teiji n'arrivait pas à détacher le regard de ces mobylettes.

— Quand il n'y a pas le choix, ça m'est égal, mais là...

J'avais envie de goûter le plaisir de sillonner les plaines de l'île en suivant la route de la côte, toute seule et pas dans une voiture, à devoir partager l'air que je respire avec deux autres personnes. Lucy, le deux-roues dans la montagne, et l'air marin. Ses deux amis roulant à ses côtés, mais chacun pour soi.

Donc nous avons loué des mobylettes et nous sommes sortis de Ryotsu par la route qui menait à la côte de Sotokaifu. Nous avons continué un peu plus loin vers le cap nord, et une fois parvenus à notre destination nous nous sommes arrêtés.

J'avais réservé dans un minshuku, une auberge simple et traditionnelle. Notre chambre donnait sur la mer du Japon, et dès que nous eûmes déposé nos sacs et ôté nos chaussures, nous sommes descendus sur les rochers et sur le sable. Nous avions décidé d'aller voir la mer et quand nous l'avons vue, nous avons voulu aller nous tremper les pieds dans l'eau. La soirée était sombre, mais la grève était éclairée par les réverbères du rivage. Nous avons pataugé dans les vaguelettes tout au bord. L'eau froide est venue éclabousser nos pieds fatigués. Le sable entre les rochers était doux et disparaissait sous nos pas, comme une eau d'une autre forme.

Lily courait en pataugeant dans l'eau et je l'ai suivie, en riant. Je ne me souviens pas de l'endroit où est resté Teiji. J'ai remonté les jambes de mon jean, mais l'eau m'a éclaboussée jusqu'aux cuisses et je me suis retrouvée trempée. J'ai ri encore plus fort. Lily m'a hurlé quelque chose que je n'ai pas saisi. Sans cesser de courir, elle s'est retournée pour me le répéter, mais ce faisant elle s'est emmêlé les jambes et a basculé en arrière dans l'eau. Je n'ai pas pu me contenir. J'ai ri à m'étouffer, au point que j'ai cru que ma poitrine allait exploser. Je n'osais pas regarder Lily, au cas où elle se serait fait mal, mais je savais que même cela ne m'empêcherait pas de rire, car j'étais incapable de m'arrêter. Je me suis traînée vers le sable sec, et lorsque je me suis retournée il y a eu derrière moi un bruit d'éclaboussure et on m'a tirée vers la mer. Lily m'avait empoignée par les épaules, en me forçant à reculer de deux pas. Ensuite elle m'a ceinturée à la taille et m'a jetée à l'eau. J'ai toussé et recraché de l'eau salée dans la mer, et j'ai levé les yeux vers Lily. Elle arborait un grand sourire.

— Ça t'apprendra, a-t-elle piaillé, et elle a détalé, m'invitant à la prendre en chasse.

Sa touffe de cheveux roux qui ne se couchait jamais dans le vent avait été aplatie par la mer. Elle avait un visage très changé, moins idiot, plus vieux. Dans sa course, elle frappait du pied dans l'eau, pour m'interdire de m'approcher d'elle. Je n'ai pas essayé. Je me suis simplement renversée, les pieds en l'air, et j'ai fait la roue parallèlement au sable mouillé. Des vagues délicates sont venues me lécher les mains, les pieds, et puis les mains de nouveau. Après environ vingt-cinq années d'inactivité, j'étais ravie d'arriver à maintenir les jambes bien droites.

Je ne me souviens pas de m'être redressée, mais je sais qu'un petit peu plus tard, Lily et moi marchions le long de la mer, côte à côte. Nous parlions d'une voix pressée, voilée. Le visage et les mains me démangeaient sous l'effet du froid, si mordant que c'en était presque une source de chaleur.

Lily a tendu le bras, dans un geste pour m'arrêter. J'ai regardé vers l'endroit qu'elle me désignait silencieusement. Sur la plage, à quelques mètres de nous, s'étalait un petit tas de vêtements. Bien sûr, j'ai immédiatement reconnu le pantalon de coton trop large et le T-shirt de Teiji. Sur ces effets, calés par un galet gris, il y avait son caleçon.

J'ai de nouveau regardé vers la mer. De petites vagues frémissaient sous le pâle clair de lune, aussi loin que portait mon regard. Et puis j'ai aperçu Teiji, petit bâton blanc, sans aucun trait distinctif, qui remuait lentement dans l'eau. Il plongeait entre les vagues et de temps à autre se retournait, passant du ventre sur le dos. Il se délectait du contact de l'eau sur sa peau nue.

Cette vision était si belle que j'ai eu envie de rester sur la grève à suivre Teiji du regard, tant qu'il demeurerait là, mais Lily m'a rejointe, avec un petit rire.

— Il a eu la bonne idée.

Sa voix était remplie d'excitation. Elle a fait signe de la main à Teiji, mais il ne l'a pas remarquée, puis elle a retiré sa culotte qu'elle a brandie avec un cri. Dans un même mouvement, elle a fait coulisser et glisser la fermeture Éclair de sa robe. Lorsqu'elle l'a enjambée, elle a eu comme un frisson de timidité, elle s'est tournée vers le bord de l'eau, elle a hésité. J'ai compris son dilemme. C'était trop froid pour qu'elle y entre directement jusqu'au cou, mais subitement elle avait trop conscience de sa nudité pour pénétrer dans l'eau prudemment, un membre après l'autre. Elle y est donc entrée très progressivement, jusqu'aux genoux. Sa peau était d'une blancheur aveuglante, comme éclairée par fluorescence. Pour moi, elle n'avait pas l'air d'une femme nue, mais d'un squelette dans un train fantôme. Là-dessus, elle a grimacé, et elle a plongé en avant en poussant un cri lorsque son corps est entré tout entier dans l'eau glacée. Je l'ai regardée disparaître. À l'endroit où elle avait cessé d'être visible, la mer sombre a repris son aspect lisse. Elle a refait surface quelques mètres plus loin, elle nageait avec des battements fermes et réguliers, puis elle s'est détendue, s'est mise à gigoter et à se tourner dans l'eau. Elle s'est éloignée un peu plus du rivage. Bientôt, j'ai été incapable de discerner laquelle de ces deux silhouettes était celle de Lily, laquelle celle de Teiji.

Moi aussi j'avais envie de nager, mais j'avais joué à suffisamment de jeux et j'avais besoin d'être seule avec l'eau et le ciel nocturne. J'ai marché un peu plus loin, jusqu'à l'endroit où les petites taches jaunes de la lune miroitaient sur la mer. L'eau froide est venue me gifler les chevilles. J'ai laissé mes vêtements sur le sable et j'ai couru jusqu'à ce que l'eau m'arrive aux épaules. L'eau m'a agrippé tout le corps, et j'ai lancé des coups de pied, j'ai nagé loin du bord, au-delà des rochers tout cabossés qui saillaient en surface.

Chaque battement, chaque poussée en avant était un nouveau choc, car la mer me tenaillait la chair comme un poisson affamé aux dents acérées. J'ai maintenu la tête levée et j'ai regardé l'étendue liquide devant moi, la mer du Japon. J'imagine que j'ai dû nager dans la direction du nord-ouest. Et si, à partir de maintenant, je me laissais flotter, si je laissais l'eau emporter mon corps gelé, où achèverais-je mon voyage ? En suivant cette direction d'infortune, je pourrais finir à Vladivostok ou à Nakhodka. Si, à partir de là, je continuais encore plus au nord, je piquerais droit sur les eaux glaciales de la mer d'Okhotsk. J'ai haleté de froid, j'ai goûté le sel. C'était exaltant, mais la pensée de la Sibérie a refroidi l'eau encore davantage. J'ai fait demi-tour et j'ai nagé quelques brasses vers le sud, vers la Corée du Sud, Shanghai, les eaux plus chaudes de la mer de Chine orientale.

Mes membres se raidissaient. À cause de l'eau froide entre mes jambes et sous mes bras, j'avais le souffle sans cesse un peu plus court. Je me disais que j'allais mourir si je devais continuer de nager, et en même temps je me sentais joyeuse et vivante, éveillée comme jamais. Cette sensation perdurerait — cela, je le savais —, mais j'avais envie de me la remémorer, de la conserver quelque part en moi afin de la retrouver lorsque j'aurais besoin de la raviver.

Naturellement, ça n'a pas marché. Elle était là, et maintenant elle n'y est plus. J'en ai besoin mais je n'arrive même pas à retrouver le goût de l'air frais sur ma langue. Je parviens à me représenter l'eau, à me souvenir qu'elle était froide, mais je me trouve dans une pièce étouffante, dans un grand immeuble de Tokyo. Il ne sert à rien de se rappeler quelque chose si vous êtes incapable de le revivre. Il ne suffit pas de savoir que c'était un tel bonheur. Je suis incapable de le retrouver.

Sur le moment, pourtant, j'ai cru que cela suffirait. Ainsi, après avoir pris soin de savourer cet instant, de l'imprimer dans ma mémoire pour un usage futur, j'ai regagné le rivage à la nage. Lily et Teiji étaient sur la plage, l'un à côté de l'autre, ils réunissaient leurs vêtements mouillés pour les renfiler sur leurs corps dégoulinants. Convulsés de froid comme ils l'étaient, la nudité leur était égale, désormais.

J'espérais que Lily dormirait bien cette nuit-là. J'espérais pouvoir rapprocher mon futon de celui de Teiji et, une fois que la respiration de Lily serait devenue bien lourde, je me retournerais tout contre lui et, très silencieusement, dans la chaleur douillette du coton, nous ferions l'amour. Il me manquait.

Qui a déployé les futons et les a disposés sur le tatami ? Chacun s'est-il occupé du sien, ou l'un de nous s'est-il chargé de tout pendant que les deux autres se brossaient les dents et se déshabillaient ? Je devais avoir sommeil car je n'ai remarqué que Lily s'était couchée sur le futon du milieu qu'une fois que nous étions tous les trois bien bordés. Je n'avais aucun moyen d'atteindre Teiji dans la nuit sans la piétiner. Je ne pouvais pas en vouloir à Lily car ce n'était peut-être pas sa faute. J'aurais pu choisir mon lit la première, en oubliant distraitement mes projets, ou alors nous aurions pu nous installer tous à notre place en même temps. Je me suis résignée à passer une nuit sans Teiji et j'ai accepté la consolation de dormir à la place la plus proche de la fenêtre. J'ai atteint la poignée et j'ai poussé dessus. Le châssis a coulissé facilement. Je me suis rallongée et j'ai dormi profondément au rythme du clapotis des vagues sur le rivage.

Le matin, lorsque je me suis réveillée, je me berçais doucement dans la chaleur jaune de la lumière du jour.

11.

Teiji et Lily étaient encore endormis. Je me suis habillée, j'ai enjambé leurs corps silencieux, et je suis sortie. J'allais me promener en silence avant le petit déjeuner.

Sous le soleil du matin, la mer était bleue, mais elle n'avait rien perdu de sa magie nocturne. J'ai suivi ses ondulations argentées, là-bas au loin. Lorsque j'ai tourné de nouveau la tête vers la plage j'ai entr'aperçu du coin de l'œil, en pleine mer, un canoë qui n'y était pas auparavant. Toujours du coin de l'œil (gauche), j'ai été surprise mais pas inquiète d'apercevoir Brian Church, disparu depuis longtemps, qui pagayait dans l'eau parallèlement à mes pas. Il m'a fait signe. C'était un geste amical, comme s'il était content de me voir me balader par ici. Sa pagaie fendait l'eau sans un bruit, dans des mouvements rapides. Toutefois il n'avait pas l'air d'avancer plus vite pour autant : il demeurait constamment à ma hauteur. Je ne me suis pas retournée pour lui faire face, de peur qu'il ne disparaisse. Je me suis contentée de poursuivre du même pas, sachant qu'il était là, souriant et adressant un signe de la main à Lucy. Lorsque je me suis retournée pour marcher dans mes propres pas, je me suis autorisé un rapide coup d'œil en direction de l'eau.

Au minshuku, Lily et Teiji étaient debout et habillés. La propriétaire était dans la chambre, en train de disposer le petit déjeuner sur notre table basse. Des bols de riz, de la soupe miso, des œufs crus et du poisson salé. Mon poisson levait sur moi un œil vide, comme s'il avait quelque chose à me dire, mais ayant oublié quoi. Lily n'a pas apprécié que son poisson ait conservé toute sa tête, et l'idée d'un œil à l'heure du petit déjeuner la dérangeait particulièrement. Elle l'a recouvert avec un bout d'algue séchée, lui a tranché la tête et me l'a tendue pour que je la jette dans les toilettes. Ce que j'ai fait. Lorsque je suis revenue manger mon poisson, du bout de ma baguette j'ai extrait l'œil noir et mou de son orbite et je l'ai mangé à part. Il avait un goût de poisson.

— Très nourrissant, ai-je observé, et j'en ai ressorti un petit bout de membrane coincé entre deux dents.

— Oh mon Dieu, a chuchoté Lily. Je n'arrive pas à croire que tu sois capable de ça. C'est le truc le plus dégoûtant que j'aie jamais vu. Tu es tordue.

Cela se pouvait, mais j'avais mangé l'œil du poisson uniquement parce que je savais que cela ferait horreur à Lily. En temps normal, comme tout le monde, j'aurais juste picoré la chair sur les os et j'aurais laissé la tête intacte.

Teiji s'est amusé de la réaction de Lily.

— Tout ça, c'est mort.

— Mais l'œil...

— Tu es infirmière. Je n'aurais pas cru que tu aies l'estomac si délicat. Tu as bien dû être confrontée à un ou deux yeux ensanglantés, non ?

— Oui, mais je ne les ai pas mangés.

Teiji a réagi avec un grand sourire. Il a enveloppé une boule de riz dans une algue et l'a grignotée, toujours en souriant tout seul.

Lui et moi, nous mangions de bon cœur, tandis que Lily chipotait les contours de son poisson qu'elle grignotait à petites bouchées, entre deux grains de riz picorés un par un dans son bol.

— Prends un peu de thé.

J'ai versé du thé vert dans les trois petites tasses.

— Merci. C'est la seule partie du petit déjeuner japonais que je supporte.

— Bientôt tu t'habitueras à ces saveurs.

— Il faudra bien. Puisque j'ai prévu de rester ici un certain temps.

— Alors tu ne pars plus ? Ça, c'est une bonne nouvelle.

Subitement, j'étais fière de ma réussite.

— Tant que je suis ici, autant que j'en tire le maximum, non ? Maintenant que j'apprends des bribes de japonais, disons que ça paraît moins désespéré. Et, surtout, le fait d'avoir des amis me donne envie de rester, parce qu'à présent je me sens ici à ma place, comme si cela avait un sens. Vous voyez ce que j'entends par là ?

Nous avons approuvé de la tête.

— Mais cela ne veut pas dire que j'ai envie de voir des têtes de poissons morts dès le matin. Plus tard on pourra prendre une glace ?

— Pourquoi pas ?

Teiji a bu son thé d'une seule gorgée, pour faire passer une bouchée de riz.

— Bien. Qu'est-ce qu'on fait aujourd'hui ?

J'ai débité à toute vitesse la liste des possibilités qu'offrait mon guide et je leur ai demandé ce qui leur faisait envie. Lily souhaitait voir les lieux touristiques. Teiji était moins intéressé par les musées et les monuments que par les paysages, mais il a ajouté que cela lui était égal.

— Je suis entouré de montagnes et d'eau, alors je suis content. Je ferai tout ce que vous voudrez. Être ici me suffit.

— Il y a un musée de la mine d'or, ai-je annoncé. Cela pourrait être intéressant.

J'aime bien descendre sous terre. Cela ne me

déplaît pas de me sentir un peu claustrophobe, un peu dans l'obscurité, un peu prise de peur panique avant de ressortir à l'air libre. Il est important d'en avoir pour son argent. J'avais envie de descendre dans cette mine, de m'imaginer enterrée vivante, prise au piège pour toujours dans un trou de souris tapissé d'un papier peint moucheté d'or.

Nous avions prévu de rouler vers le sud, vers Aikawa, pour visiter les anciennes mines d'or. Sur la route, nous nous arrêterions pour contempler quelques falaises et autres îlots. Dans l'après-midi, nous pourrions visiter des temples, des musées, des théâtres de nô. Nous passerions la nuit dans une auberge à Mano. Il nous resterait encore une journée avant de regagner Tokyo.

Teiji a chargé un nouveau film dans son appareil et saisi un rapide cliché de Lily et moi grimpant sur nos mobylettes. Nous avons roulé vers Senkakuwan pour découvrir ce tronçon magnifique de falaises si fameuses. Et c'est dans cette partie du trajet qu'il est arrivé quelque chose à Lucy. Une excitation inattendue s'étant emparée d'elle, elle s'est mise à rouler de plus en plus vite. Elle savait qu'elle pouvait perdre la maîtrise de sa machine — à quand remontait son dernier tour en mobylette ? —, mais elle était incapable de ralentir, c'était plus fort qu'elle. La route était dégagée et j'avais les jointures blanches. Je filais sur la route dure et grise, avec Lily et Teiji loin derrière. Lorsque nous sommes arrivés à Senkakuwan, je me suis arrêtée sec, presque au point de passer par-dessus le guidon.

J'ai laissé ma mobylette, je suis partie vers les falaises mais soudain la tête m'a tourné. C'était peut-être le voyage, ou l'œil de poisson que j'avais mangé au petit déjeuner, ou ces roues sur la plage la veille au soir — de temps à autre, je me sentais un peu prise de vertige. Cela ne ressemble pas à Lucy de tomber malade, aussi ai-je ignoré cette sensation un petit moment, en essayant de prendre plaisir au panorama. Mais j'avais le cœur au bord des lèvres et les genoux qui se dérobaient totalement sous moi. Je me savais incapable d'aller plus loin.

— Désolée, ai-je murmuré à Lily et Teiji, et je me suis écroulée par terre.

J'ai fermé les yeux et j'ai disparu. J'avais vaguement conscience, dans ma chute, des deux visages stupéfaits qui me regardaient me faner et tourner de l'œil, mais je n'ai pu rouvrir les yeux. Était-ce dans mon rêve, ou était-il bien réel, ce moment où Lily a posé sa main fraîche sur mon front, m'a basculée sur le flanc et m'a soulevé la tête pour glisser dessous quelque chose de mou ?

— Dors, c'est tout. Tu te sentiras mieux, m'a soufflé quelqu'un. Ça ne fait rien. Ce n'est pas ta faute, tu sais... tu le sais, ça ?

C'était une voix de femme, aussi je l'ai prise pour celle de Lily, mais à présent, à bien y réfléchir, je me rends compte que cette voix parlait le japonais. Il n'y avait personne alentour. Peut-être n'était-ce pas une voix de femme, mais celle de Teiji, soudain devenue étrangère.

Lorsque j'ai refait surface, j'ai rouvert lentement les yeux. Le monde n'était rien qu'une nuée de points et de lignes qui m'ont donné mal au crâne, avant de reprendre lentement leur place. Je me suis redressée. À quelques mètres de moi seulement, un gouffre à pic s'ouvrait sur la mer. Les falaises étaient taillées à la serpe, sauvages, guère accueillantes. J'ai aspiré un peu d'air en tremblant. Du coup, je me suis sentie mieux. J'étais seule. J'ai regardé dans toutes les directions, mais Lily et Teiji n'étaient pas là.

Je me suis levée et je me suis approchée de ma mobylette. Les deux autres engins avaient disparu. Lily et Teiji m'avaient abandonnée. Que pouvais-je faire, ne sachant pas où ils étaient allés ? Je me suis rendu compte que j'avais en main un objet, qui m'avait tenu lieu d'oreiller. C'était le T-shirt de Teiji. Je l'ai serré contre mon visage. Sa chaleur émanait entièrement de moi, pas de Teiji, et c'était une chaleur solitaire. J'ai éclaté en sanglots. Il avait perdu l'envie d'être avec moi, depuis cet instant où il avait décidé que j'étais quelqu'un d'étrange, depuis que je lui avais parlé de Brian Church.

— Et moi alors, je vais où ? ai-je demandé à la mer en gémissant. Revenez.

J'ai attendu, attendu, tour à tour pleurant et arpentant le sommet de la falaise, de colère. À l'heure qu'il était, s'ils étaient partis chercher de l'aide, ils seraient certainement de retour. Il y avait des terrains de camping et des pensions à seulement cinq minutes de là.

Quand j'ai été fatiguée d'attendre, je me suis mise en route pour Kinzan, vers le musée de la mine. Le trajet m'a conduite un peu plus loin sur la côte, puis sur les hauteurs, par une route étroite qui serpentait dans les montagnes. La vieille mine d'or était perchée dans les bois avec deux ou trois autocars de touristes garés devant les portes. J'ai roulé jusqu'au parking, je suis descendue de la mobylette. Lily et Teiji sortaient du musée. Il portait un nouveau T-shirt avec l'inscription Sado sur la poitrine, en grandes lettres bleues et noires. Ils riaient à propos de je ne sais quoi et d'ailleurs, avant qu'ils ne me remarquent, il s'est écoulé quelques instants.

— Vous avez l'air de vous être bien amusés.

Je me suis postée sur leur chemin. On aurait dit qu'ils s'étaient fait prendre en train de sécher l'école.

— Lucy ! On était drôlement inquiets. Ça va ?

— Parfaitement bien. Reprends ton T-shirt.

— Merci.

L'air penaud, Teiji m'a repris son maillot roulé en boule. Il savait qu'il avait mal agi.

Lily l'a dévisagé avant de se tourner vers moi.

— C'est une bonne chose qu'on t'ait laissé ce petit mot sans quoi tu n'aurais pas su où nous trouver.

Elle s'exprimait avec enjouement, tellement ravie que toute cette journée ait été préservée grâce à son seul génie.

— Quel petit mot ?

— Oh, on a glissé un mot pour toi, sous une pierre. On t'expliquait qu'on revenait et que si tu ne venais pas nous retrouver, nous, on reviendrait te chercher.

— Je n'ai vu aucun mot.

— Il a dû être emporté par le vent. Je suis vraiment désolée.

— Je suis arrivée ici uniquement parce qu'il n'y avait aucun autre endroit où vous chercher. J'aurais pu mourir. En haut de la falaise, le vent aurait pu m'emporter dans la mer.

J'ai tenté de tourner ça à la plaisanterie, mais je n'ai réussi qu'à exprimer toute l'amertume que je ressentais. Il n'y avait eu aucun mot, je le savais. Ni l'un ni l'autre ne portait de stylo et de papier sur lui. Teiji m'avait emprunté les miens dans le train afin d'écrire le terme équivalent à *mori* en kanji moderne, et il me les avait rendus. Vous vous souvenez ? Lucy n'est pas stupide.

— Je t'ai quand même examinée, a ajouté Lily. Tu étais tout simplement épuisée, et puis tu avais roulé tellement vite. Ça t'a donné le tournis. Plutôt que de te forcer à remonter sur ta mobylette et que ça ne s'aggrave, il valait mieux te laisser dormir. Tu sais, il se peut que tu aies attrapé une espèce de virus et que ça te rende un peu faible.

— Tout ce que tu voudras. Tu es infirmière et pas moi. Alors comme ça, j'ai manqué l'excursion à la mine d'or ?

— Non, idiote, pas du tout. Tu peux y entrer tout de suite. C'est très intéressant. Ils ont des automates qui te montrent à quoi ça ressemblait à l'époque, en vrai. Ça ne m'ennuie pas d'y refaire un tour. Et toi, Teiji ?

— Non, pas du tout.

Il ne me regardait pas.

— Si vous l'avez déjà vu tous les deux, c'est stupide.

— Ça nous est égal. Allez, on y va.

Lily a tourné les talons pour repartir vers le musée.

— Non. Si j'y vais, j'irai toute seule. J'imagine que vous n'avez aucune envie de perdre davantage de temps, alors vous feriez mieux de bouger. D'après mon guide, il y a encore d'autres temples très intéressants à Mano.

— Ne sois pas bête.

Elle a encore avancé de deux pas.

— On va descendre dans la mine tous les trois ensemble. Allez.

— Et il y a aussi une pagode de cinq étages. Je suis certaine que vous allez la trouver magnifique.

Teiji m'a posé une main sur l'épaule pour me guider.

— Lucy. On retourne ensemble dans le musée de la mine. On est désolés de t'avoir laissée.

— Mais non. Laisse tomber. Maintenant ça ne me dit plus rien.

Je me suis écartée.

Je n'aurais pas dû clouer le bec à Teiji. Ces propos furibonds ne lui étaient pas du tout destinés et la bouderie ne faisait pas partie de son langage. Si d'aventure sa mère ou son père lui criaient dessus, il devait partir à bicyclette dans les rizières et laisser la colère retomber derrière lui dans son sillage. Mais je suis certaine qu'on ne lui avait jamais crié dessus. À cette minute, j'ai détruit une grande partie de ce que nous possédions, tout au moins l'illusion que j'en avais, je me suis conduite à l'image de la moitié des vieux couples qui se chamaillent. Et pourtant. La morsure était profonde, et son poison faisait mal. Comment pouvait-il me répondre « On est désolés » ? Depuis quand Lily et Teiji prononçaient-ils leurs excuses en duo ?

— C'est seulement que, ce matin quand on en a parlé, tu n'avais pas l'air si emballée que ça. C'est pour ça, nous nous sommes dit que si nous continuions sans toi, ça ne t'ennuierait pas.

Lily la conciliatrice. Lily la guérisseuse, l'infirmière.

— Oui, tu as raison. Ça n'a aucune importance.

Mais le matin même j'avais manifesté mon envie d'y aller. C'était Teiji à qui c'était égal. Je le savais.

Nous ne nous sommes pas disputés, nous n'en avons plus discuté. Nous avons marché en silence vers nos cyclomoteurs pour reprendre la direction de notre auberge, à Mano. Peu à peu, leur honte et ma colère se sont atténuées et nous avons échangé des commentaires hésitants, d'une excessive politesse jusqu'à finalement réussir à bavarder presque tranquillement, tard dans la soirée.

Dans notre chambre, j'ai veillé à être la première arrivée devant le placard aux futons. J'ai sorti la literie, si rapidement que Lily et Teiji n'ont pas eu le temps de m'offrir leur aide. J'en ai disposé un dans le coin, au fond.

— Lily, tu es là.

— Oh, merci.

Elle a jeté l'oreiller dessus et elle est allée se brosser les dents.

J'ai sorti le deuxième futon, celui du milieu, et je l'ai couvert de mes affaires. Enfin, j'ai attrapé le dernier et je l'ai déroulé pour Teiji.

J'avais organisé la disposition des futons à mon goût, mais cette nuit-là je n'ai pas bien dormi, probablement à cause de tout le sommeil que j'avais récupéré dans la journée. J'avais trop chaud. Les muscles de mes bras et de mes jambes étaient agités de soubresauts. J'ai écouté Teiji et Lily respirer. Ça respirait trop, pour une seule chambre. C'était oppressant. Je me suis retournée vers Teiji, mais je n'ai pas pu me détendre suffisamment pour me pelotonner contre lui. J'avais envie que Lily sorte de la pièce. Là-dessus, je m'en suis aperçue, j'avais besoin que Teiji s'en aille lui aussi. J'avais envie de dormir toute seule. J'ai songé à tirer mon lit hors de la chambre pour coucher dans le couloir, mais je ne voulais pas réveiller les autres et provoquer leur étonnement. Je suis restée allongée presque toute la nuit avec un œil collé contre mon oreiller et l'autre fixé sur la forme carrée de la suspension, sur le fond noir du plafond. Ce dont j'avais envie, c'était d'un motif pour mettre un terme à cette nuit, une interruption nocturne qui me permette de me lever. Ce dont j'avais envie, c'était de quelque chose comme un tremblement de terre, qui nous secoue, et mette un terme à la respiration profonde, ensommeillée, de Lily et Teiji qui m'étouffait.

J'ai certainement dû m'endormir vers cinq ou six heures du matin. Le soleil était déjà levé.

Nous avions prévu de nous aventurer autour de Mano, de visiter les temples et le musée. J'étais trop fatiguée pour me rendre nulle part.

— Allez-y sans moi. Je vous rejoindrai plus tard.

Ils avaient tous les deux l'air tendu.

— Ce n'est pas un problème. Je veux dire, ce qui s'est passé hier, ce n'est pas un problème. C'est juste que je n'ai pas bien dormi cette nuit. Tant que je n'aurai pas un peu dormi, je pense que je ne serai bonne à rien.

— Tu as vraiment attrapé un virus. C'est ce que je pensais. Tu es très pâle, tu sais.

Lily m'a posé une main sur le front. Un contact agréable.

— Tu es peut-être un peu chaude. Enfin, si tu es certaine que c'est ça que tu veux...

Teiji est intervenu :

— On va rester ici avec toi. Tout va bien.

Même si l'idée de Teiji et Lily partant tous les deux sans moi ne m'enchantait guère, je savais que je ne dormirais pas tant qu'ils ne se seraient pas éclipsés.

— Je vous en prie, allez-y. Ça va. Rien que deux heures, et ensuite je vous rejoins.

— Si tu en es sûre.

Lily avait l'air perplexe.

Naturellement, ils faisaient mine, habilement, de se montrer polis. Ils avaient envie que je me rendorme et de quitter l'auberge. Ils sont partis.

Nous étions convenus de nous retrouver à une certaine heure devant l'hôtel de ville, mais je me suis mise en route un peu plus tôt et je suis tombée sur eux par hasard, ailleurs. Ils étaient assis sur un banc, dans la rue, un peu en retrait de la chaussée. Ils étaient tout près l'un de l'autre, sans se toucher. Quelque chose, dans leur silence, m'a empêchée de traverser pour les saluer. Je suis restée de mon côté de la rue, suffisamment loin pour ne pas être vue. Ils tenaient chacun une glace dans la main. Lily léchait le côté du cône, là où la glace fondait. Sa langue avait les mouvements délicats et rapides d'une langue de chat. Teiji croquait le sien par le bas. Ils ne se regardaient pas. Mais Lily lui a soufflé quelque chose, il a tiré un mouchoir de sa poche et le lui a donné. Elle s'est essuyé les doigts. Avant de s'essuyer l'autre main, elle lui a tendu son cône à moitié entamé. Il lui a pris la glace des mains, sans poser les yeux dessus. Il l'a regardée, elle, avec détachement, se passer le mouchoir sur les doigts.

En attendant, il a léché la glace de Lily. Cela suffisait à me prouver tout ce que je ne voulais pas savoir. Ils allaient coucher ensemble. Il n'y avait aucun moyen de les en empêcher.

C'est la simplicité de cette scène qui m'a glacé le front et les tempes. Teiji et Lily se sentaient si proches l'un de l'autre qu'il pouvait lécher sa glace sans qu'elle le lui propose. Ils étaient intimes au point que Lily pouvait essuyer de la glace fondue sur le mouchoir de Teiji sans éprouver le besoin de le remercier ou de s'excuser. Lucy les a observés, observés et elle a attendu. Elle avait envie de voir quelque chose qui lui montre qu'elle se trompait, malgré sa certitude d'avoir raison.

Teiji a rendu sa glace à Lily. Elle l'a prise. Teiji regardait les voitures passer. Lily a levé les yeux vers le ciel, avant de les fermer, sans baisser le visage. Le mouchoir de Teiji formait une boule dans la main de Lily. Ils se connaissaient à peine. Ils auraient dû se livrer à une conversation polie, mais ils gardaient le silence. Lucy avait compris. Ils étaient tellement à l'aise tous les deux que ça sautait aux yeux. En réalité, elle se trompait. Ils avaient déjà couché ensemble.

Je me suis éloignée. J'ai déambulé de maison en maison, en pressant sans cesse un peu plus le pas, sans relâche, jusqu'à me perdre. Quand était-ce arrivé ? Pourquoi pas le matin précédent, pendant que Lucy marchait sur la plage, ou plus tard au sommet de la falaise, alors qu'elle était frigorifiée, ou au flanc d'une colline, à une virée en mobylette de là. Pourquoi pas durant la première nuit, tandis que Lily dormait sur le futon du milieu et que Lucy se berçait de ses rêves de mer. Ou alors ce matin, dans une ruelle secrète, entre ces maisons. Je suis entrée dans des toilettes publiques et j'ai essayé de pleurer, mais il ne s'est rien produit. Lorsque je suis ressortie, je suis allée droit sur eux.

J'ai fondu en larmes.

— Lucy, quelle chance. Nous étions sur le point de venir te rejoindre.

— Oui, quelle chance.

J'ai eu un rire de hyène. Eux aussi, ils ont ri, s'imaginant que j'étais émoustillée par notre rencontre à l'improviste, alors que nous n'étions qu'à cinq minutes de l'heure et à une trentaine de mètres du lieu convenus.

Je me suis étranglée et j'ai toussé. Je suis parvenue à calmer les battements de mon cœur.

— Alors on passe à quoi, maintenant ? Il y a tellement d'endroits à visiter, de choses à faire. Ne perdons pas de temps. Allez.

Ils m'ont suivie, perplexes.

— Où allons-nous ?

— Je ne sais pas. Il y a des choses à voir un peu partout, alors allons voir ce qu'on trouve. Impossible de mal tomber, non ? Sauf si au bout du compte la terre était toute plate et que nous basculions pardessus bord. Ah ah ah.

— Lucy, qu'est-ce que tu racontes ?

J'ai pris Teiji par le bras.

— Je n'en sais rien. Que veux-tu faire ? Qu'est-ce que tu as déjà fait ?

Lily a répondu.

— Je suis allé au kokubunji. Un grand temple. C'est beau. Tu aurais peut-être envie de le voir, toi aussi.

J'ai regardé Teiji, surprise.

— Tu ne l'as pas vu, toi ?

— Je suis descendu voir la mer, prendre quelques photos. Nous nous sommes croisés et nous avons pris une glace.

— Oh.

Le bras fermement agrippé à celui de Teiji, et munie de cette nouvelle information, je me suis sentie mieux. Qu'avais-je vu, en réalité ? Aucun baiser, aucun attouchement, aucun partage de secrets. Aucun échange de regards furtifs ou de sourires séducteurs. Pas une photographie de Lily prise par Teiji. Malgré tout, je me fiais à mon intuition initiale, mais j'étais prête à ce qu'on me prouve le contraire. Nous avons passé l'après-midi dans des temples et des musées. Tôt dans la soirée, nous avons réuni nos bagages et nous sommes dirigés vers le ferry. Depuis le pont du navire, j'ai suivi du regard les contours découpés de ces montagnes qui s'éloignaient. Un flot d'images m'a empli la tête, si vite, si vif que j'ai perdu la mer de vue : les temples de bois, les mouettes, le macadam avalé sous les roues de la mobylette, les draps-housses des futons et les oreillers, tout blancs, les automates creusant pour exhumer l'or. J'étais contente de rentrer.

À la gare de Tokyo, Lily et moi avons dit au revoir à Teiji. Ce soir-là, il devait travailler tard, et il reprenait tôt le lendemain matin, donc cela ne rimait à rien que je rentre avec lui. Nous nous sommes enfoncées dans le labyrinthe blanc des couloirs souterrains pour accéder chacune au quai de notre train respectif. Lily prenait la ligne Yamanote elle aussi, mais dans la direction opposée. J'empruntais la ligne dans le sens des aiguilles d'une montre, elle dans le sens inverse. Les quais se faisaient face. Nous sommes descendues par des escaliers distincts, nous nous sommes dit au revoir. J'ai débouché sur mon quai, j'ai jeté un œil sur le panneau d'affichage au-dessus de ma tête pour vérifier l'heure du prochain train. D'ici une minute. J'ai scruté l'extrémité des rails, là-bas. Le train était à l'approche, depuis la gare de Kanda. Le quai était noir de monde et je me suis frayé un chemin vers l'emplacement du wagon de queue, où il y avait en général moins de gens. Juste avant que mon train ne s'arrête, j'ai levé les yeux vers le quai de Lily. Je ne sais pas pourquoi j'ai regardé. Il est peut-être impossible de s'en empêcher, quand on sait qu'une personne que l'on connaît se trouve sur le quai d'en face. Il y avait toute une rangée de voyageurs qui attendaient. Le train n'était pas encore arrivé. Elle aurait dû se trouver à la même extrémité du quai que moi. La tête de train était toute proche de la sortie. C'était aussi la partie la moins bondée de son train. Alors pourquoi n'arrivais-je pas à la voir ?

J'ai reculé, j'ai couru le long du quai, à contresens de la foule, et je suis remontée dans la station. J'ai emprunté le couloir, je suis redescendue sur le quai de Lily. J'ai couru d'un bout à l'autre, en me demandant vaguement ce que j'allais bredouiller si je tombais sur elle en train de s'acheter tranquillement un Coca au distributeur. La question ne s'est pas posée. Lily n'était pas là.

J'ai escaladé l'escalier en trébuchant. Mon sac à dos battait contre mes omoplates, il heurtait les épaules et les sacs des passants. Des attaché-cases me cognaient aux genoux et m'envoyaient dinguer sur le côté. Je ne savais pas au juste où j'allais la retrouver, mais une seule direction valait la peine d'être explorée. Je me suis dirigée vers le quai de Teiji. Il était vide. Un train venait de partir.

J'aurais pu prendre le suivant et me cacher devant l'immeuble de Teiji pour voir s'ils y étaient. Je ne l'ai pas fait. S'ils étaient allés chez lui, ils y resteraient toute la nuit. Je m'y résoudrais, mais en dernier ressort. Entre-temps, je suis retournée vers les portillons du shinkansen, là où Lily et moi avions dit au revoir à Teiji.

Je me suis approchée avec prudence. Avec mes cheveux filasse en bataille et mon corps en forme de tronc d'arbre, je suis facile à repérer de loin. Je me suis postée à côté d'un kiosque à journaux et j'ai risqué un œil alentour. Immédiatement, un client est venu se planter devant moi et m'a bouché la vue. La kiosquière m'a regardée avec intérêt. J'ai acheté un exemplaire du *Daily Asahi* et je me suis approchée en vitesse d'un pilier.

J'ai été à la fois satisfaite et atterrée. J'avais raison. Teiji et Lily étaient là, debout, ensemble, tels deux amants. Ils étaient face à face, le pied gauche de Lily entre ceux de Teiji, leurs cuisses se touchant presque. Il chuchotait quelque chose dans la bouche de Lily et ils s'embrassaient. J'ai eu envie de m'enfuir à toute vitesse et en silence, mais une autre partie de moi-même, une partie incontrôlable, avait envie d'agir tout autrement. J'ai laissé échapper un cri, très puissant, le hurlement solitaire d'une louve au clair de lune, et j'ai été horrifiée de voir Lily et Teiji se tourner face à moi, les yeux écarquillés.

J'ai lâché mon journal et j'ai couru.

12.

Kameyama et Oguchi m'ont oubliée. Je me suis levée, j'ai marché dans la pièce. Mes articulations étaient douloureuses. Je me suis éclairci la gorge à plusieurs reprises, espérant que quelqu'un, dehors, entendrait et se souviendrait que je restais enfermée ici. Mon agitation provient peut-être de ce que mon histoire de Lily et Teiji touche à sa fin. Naturellement, ce n'est pas le cas. Ce serait m'abuser moi-même que de permettre à cette pensée de persister. Le pire reste encore à venir.

Le lendemain matin, j'ai appelé Natsuko et je lui ai raconté que je ne viendrais pas au bureau avant quelques jours. J'avais travaillé sur une traduction pour une aciérie — des instructions d'entretien d'un haut fourneau — et la date de remise était proche. Même si cela contrariait ma fierté professionnelle, quelqu'un d'autre allait devoir s'en occuper. Natsuko était surprise.

— Lucy, qu'est-ce qui s'est passé ? Tu es malade ? Tu n'as jamais eu un seul jour d'absence.

Elle a réfléchi un instant.

— Je parierais que tu n'as jamais manqué un jour d'école.

C'est vrai. Je n'ai jamais manqué une seule journée, même pas pour l'enterrement de Noah.

— Cette semaine, je ne peux pas venir travailler. Ça m'est impossible.

Il y a eu un instant de silence. Elle me connaissait suffisamment bien pour ne pas me poser de questions qui seraient venues sonder des zones douloureuses.

— D'accord. Tu as besoin de quelque chose ?

Oui, j'avais besoin de beaucoup de choses, mais je ne savais pas comment les nommer, comment les demander.

— Non, de rien. Je te remercie.

J'ai fermé les rideaux et la porte à clef. Je me suis allongée sur le dos, à même le plancher, et j'ai fermé les yeux.

Toute la journée, sur l'aire de stationnement du garage, il y a eu des allées et venues de voitures. Les employés criaient en aidant par des signes les clients à placer leur voiture devant les pompes. J'ai écouté le ronronnement incessant des moteurs ponctué de voix humaines.

Et je suis restée trois jours plus ou moins dans cette position. Je me suis risquée à des incursions ponctuelles dans la cuisine ou la salle de bains, mais la plupart du temps je suis restée couchée par terre, et j'ai écouté le garage. À certains moments, mon frigo me semblait plus bruyant que les voitures et les camionnettes, à d'autres je ne l'entendais pas. Au cours de ces jours et de ces nuits, je ne sais pas trop si j'ai vraiment dormi ou si je suis simplement restée allongée, les yeux grands ouverts. Ce n'était pas le désespoir qui me clouait au sol, et pas l'amertume non plus. Tout ce que je ressentais, c'était le néant. Un vide complet, parfait. J'avais possédé un amant et une amie. À présent, je n'avais plus ni l'un ni l'autre. Ils s'étaient dérobés mutuellement à moi. Il n'y avait rien à faire et donc je n'ai rien fait. Avec le recul, enfermée à l'intérieur de ce commissariat, lorsque je repense à moi durant ces trois jours dans mon appartement, je ne peux pas croire que j'aie eu l'intention de rester éternellement couchée là jusqu'à l'inconscience ou jusqu'à la mort. J'imagine que j'attendais quelque chose, mais j'ignore ce que c'était. Je n'avais aucune intention de reparler à Lily ou Teiji.

Le quatrième jour, le téléphone a sonné. Je l'ai laissé sonner toute la matinée. Je savais que c'était Lily — personne n'aurait réessayé mon numéro autant de fois en étant au travail —, mais je n'ai pu me résoudre à débrancher la prise. J'avais envie de savoir qu'elle essayait de me parler, même si je refusais qu'elle parvienne à ses fins. Dans la matinée, je suis sortie de la maison, et j'ai pris la direction de la gare. Je n'avais aucune destination, aucun itinéraire en tête, mais j'étais incapable de rester à l'appartement avec le téléphone geignant après moi comme la voix de Lily.

J'ai marché, marché toute la nuit. Depuis Gotanda, j'ai rejoint la station suivante sur la ligne Yamanote, en cheminant dans le sens inverse des aiguilles d'une montre. Le tronçon vers Osaki était plus silencieux, plus sombre aussi, rien que des maisons et pas de néons. J'étais contente d'être dehors et de laisser l'air frais frissonner le long de mon corps tout raidi. Mais quand je me suis arrêtée de marcher vers Osaki, j'ai repensé à Lily et Teiji, au mouchoir et à la glace qui changeaient de mains, à la façon dont ils avaient abandonné Lucy sur les falaises. J'ai continué d'avancer car, tant que je bougeais, mes pensées cheminaient plus vite, se brouillaient, et perdaient leur capacité à ouvrir de nouvelles blessures. Je me suis retrouvée à suivre les voies du train jusqu'à la prochaine gare, et de là jusqu'à la suivante.

Ce soir-là, l'entrée dans chaque station était pour Lucy qui les connaissait si bien comme une sorte de retour au bercail, car elle avait vécu différentes plages de sa vie dans ces divers quartiers de la ville. La ligne circulaire autour de Tokyo compte vingt-huit gares, vingt-huit perles sur le collier. Pour moi, chacune d'entre elles a toujours été un joyau unique. À Sinbashi, je suis passée devant le vieux moteur à vapeur où, un jour, j'avais attendu Natsuko avant que nous ne montions dans un autre train à Obaida. Là, nous avions effectué des tours sur la grande roue Ferris dans une petite capsule, et profité de la vue sur le Rainbow Bridge et la Tokyo Tower, sur les sites industriels et la mer grise. À la station Yurakucho, j'ai laissé courir mes doigts sur la brique couverte de suie des arches de la voie ferrée. Sous ces grandes voûtes, il y a de petits restaurants. Bob et moi nous y retrouvions quelquefois pour le dîner. Il me demandait mon avis sur le moindre aspect de sa vie. Comme je parlais couramment le japonais, je crois qu'il me créditait d'une connaissance et d'une compréhension que je ne possédais pas, mais je faisais toujours de mon mieux. Devant des plats chinois épicés, il me confiait ses projets : devenir une star du rock (même s'il n'ignorait pas, à quarante et un ans, qu'il était un peu tard). Il m'a avoué que son traitement dentaire, qui avait amené nos chemins à se croiser, avait comporté des travaux esthétiques justement dans ce but. Je ne l'avais jamais entendu chanter, et donc ce jour-là je n'avais eu aucun conseil à lui donner.

À peine arrivée à la gare de Tokyo, je m'en éloignais déjà. Beaucoup de lignes convergeaient indistinctement à cet endroit, telle une rangée de soldats anonymes couchés à plat dans une boîte. J'étais incapable de cerner laquelle était la ligne Yamanote, mais là où les lignes se démêlaient de nouveau, j'ai suivi mon intuition et j'ai vu juste. La rangée de lumière et le quai suivants étaient ceux de la station Kanda.

Le temps que j'arrive au neuvième ou au dixième arrêt, il semblait absurde de rentrer par le même itinéraire. J'ai poursuivi ma progression. Akihabara, Electric Town, où Teiji et moi avions cherché des appareils photo (sans qu'il en achète aucun), étrangement silencieuse le soir. Ameyoko, où j'étais allée faire des courses avec Natsuko, acheter de la nourriture pas chère sur le tentaculaire marché en plein air. Je me sentais très sereine, et j'entendais presque les voix diurnes de ces hommes bourrus vantant leurs articles à la criée : du calmar tout visqueux, du poisson, du thé, du café, des chaussures. Sous les arches de la voie ferrée, des bars yakitori, fermés à cette heure-ci. À Ueno, le parc où j'étais allée admirer les cerisiers en fleur, l'année de mon arrivée au Japon, sans m'être avisée que l'endroit serait tellement bondé de fêtards que j'entreverrais à peine le faîte des arbres. Yanaka, le cimetière où je m'étais assise avant de me rendre à la maison de Mme Yamamoto. À partir de la voie ferrée, il s'élevait à flanc de colline et au-delà. La nuit, les pierres tombales ressemblaient à des silhouettes de personnes assises là sur cette colline, se chuchotant des secrets dans le noir. Et puis aussi les *love hotels* affichant leurs tarifs pour une nuit, et des prix plus raisonnables pour une « sieste dans la journée ». Je suis allée tout au bout de la boucle, j'ai achevé le tour à Ikebukuro, je suis passée devant un vieil autel sombre à Komagome, pour prendre la direction du territoire de Teiji. Si jamais j'avais suivi tout ça sur un plan, j'aurais remarqué que Takadanobaba et Shin-Okubo se trouvaient au nord-ouest de Tokyo, mais à présent, il n'y avait aucune raison pour que cela constitue une surprise. Des heures se sont écoulées. J'avais beau être à déjà des kilomètres de la maison, le paysage ne changeait pas tant que cela, hormis les éléments de décor du premier plan : les boîtes de nuit, les *love hotels,* les pierres tombales, les parcs, les marchés, les boutiques, les ambassades. Le tout était contenu à l'intérieur d'un corridor sans fin d'immeubles rectangulaires, anonymes, et de voies ferrées. Je regardais aux fenêtres. La plupart étaient noires, ne laissant entrevoir que les ternes contours des rideaux et des volets. Çà et là, des carrés jaunes et lumineux chatoyaient comme des yeux de félins. De temps à autre, une silhouette se déplaçait à l'intérieur. J'observais, pour tenter d'apercevoir la personne, de me faire une idée de son âge et de son habillement, et de ses mouvements dans la pièce. Chaque fois, je me demandais qui elle était. Parmi les millions d'individus qui travaillaient, se réveillaient et s'endormaient dans cette ville, entassés individuellement et par groupes dans de petites boîtes, leur logement ou leur bureau, lequel étais-je en train d'espionner ? J'avais envie de connaître ces étrangers qui se déplaçaient d'une boîte à une autre, qui se transportaient un peu partout dans la ville en empruntant ces infrastructures routières et ferroviaires tellement immenses. J'avais envie de savoir parce que j'étais l'une d'elles, moi aussi.

Parfois, je perdais de vue la ligne Yamanote et il fallait que je me fraye un chemin dans des rues à l'écart, chargées d'ombres, jusqu'à ce que je retombe dessus. Des distributeurs automatiques de boissons et de cigarettes brillamment éclairés apportaient leur lumière aux ruelles et aux recoins les plus sombres. À d'autres moments, j'ai parcouru quelques kilomètres sans perdre la voie ferrée de vue. J'ai marché encore et encore, et aux petites heures du matin je me suis retrouvée à Shinjuku, à quelques mètres de l'endroit où j'avais vu Teiji pour la première fois. J'ai songé à Sachi. Autant que je sache, le petit théâtre où Teiji l'avait dénichée aurait pu se trouver à une rue ou à un pâté de maisons de moi. Je me suis demandé combien de temps s'était écoulé entre la sortie de Sachi et l'entrée de Lucy. Je l'avais imaginée profondément enfouie dans un passé reculé, à l'image de ses photographies ensevelies dans leur boîte, mais peut-être Teiji était-il passé de Sachi à moi sans transition, et là-dessus de moi à Lily, comme si nous avions été trois stations sur une ligne de train.

J'ai emprunté la rue qui longe le parc Yoyogi. Je n'ai rien pu voir à l'intérieur, mais la cime duveteuse des arbres surplombait les murs de toute sa hauteur. J'ai entendu à nouveau la chanson que nous chantions cette nuit-là. *Ue o Muite Arukou.* J'en ai pleuré, mais je n'ai pas pris la peine de relever la tête pour empêcher les larmes de tomber — suivant le conseil de la chanson — car il n'y avait personne alentour et je pouvais aussi bien les laisser goutter à leur guise. Je suis arrivée devant mon bureau, à Shibuya. Je n'y étais jamais venue la nuit, et j'ai été ravie de le voir. C'était peut-être désormais le seul endroit de Tokyo où je me sentais à mon aise sans Teiji et Lily. D'ici un jour ou deux, je parviendrais sans doute à retourner au travail. J'allais me tranquilliser l'esprit en sachant que la traduction sur les hauts fourneaux avait été achevée dans les temps et avec un niveau de qualité satisfaisant. Alors que le soleil s'enhardissait, les gens quittaient leur domicile pour se rendre au travail ou à l'école, et moi j'allais à pied d'Ebisu à Meguro, avant de finalement revenir à mon point de départ. Gotanda. J'avais parcouru la distance d'un marathon. J'avais bouclé le tour de Tokyo.

À l'instant où je suis entrée dans mon appartement, le téléphone sonnait encore. Je l'ai ignoré et j'ai rempli la baignoire d'une eau chaude et mousseuse. Mes pieds m'élançaient et me brûlaient. Je me suis assise dans le bain avec de l'eau jusqu'au cou et j'ai fermé les yeux sur ces visions de boîtes de nuit et de bars, du cimetière, des appartements et des cordes à linge, de ces rails s'entrecroisant à l'infini avec d'autres lignes menant aux quatre coins de Tokyo et du Japon. Et les voitures et les motrices qui dormaient sur le côté des voies, à l'écart, vides.

Lorsque je suis sortie du bain, mes pieds me faisaient encore souffrir. Ils étaient roses et violacés, enflés. Je marchais comme si je me risquais en patins à glace pour la première fois, en passant clopin-clopant du vestiaire à la patinoire. Le téléphone n'arrêtait pas de sonner. J'ai décroché le combiné sans parler et j'ai attendu. La voix de crécelle de Lily était forte et distincte.

— Lucy. Tu es là ? J'ai essayé de t'appeler je ne sais combien de fois. Euh... Je voulais te dire que j'étais vraiment désolée de ce que tu as vu. Ce qui s'est passé avec Teiji... on ne l'avait pas prémédité.

Tu t'es débrouillée par hasard pour le retrouver dans la station après mon départ ? N'arrivant pas à ouvrir la bouche pour prononcer ces mots, je les criais dans ma tête.

— Et je me sens franchement mal. Je ne sais pas quoi te dire.

Alors pourquoi m'as-tu appelée ?

— Je sais que cela a dû te briser le cœur.

Mon pouls s'est accéléré. Le visage et le cou me brûlaient. Qu'en savait-elle, Lily, de mon cœur brisé ? J'ai avalé deux grandes goulées d'air à pleins poumons, afin de pouvoir prononcer les phrases suivantes sans m'arrêter pour reprendre mon souffle.

— Mon cœur est un organe complexe composé de muscles, de valvules et de sang. Il peut faiblir, subir une crise cardiaque, voire s'arrêter complètement. Mais il ne peut pas se briser. Alors ne me téléphone pas pour me raconter que mon cœur s'est brisé.

Mes yeux étaient baignés de larmes. J'ai cligné pour mieux y voir et des larmes liquides et chaudes m'ont dégouliné sur les joues.

— Mon cœur se porte très bien.

Ma voix s'est cassée.

— Mais je suis incapable de remuer les pieds.

— Tes pieds ? Lucy ?

J'ai reposé le téléphone et aussitôt la sonnette a retenti. Comme je savais que cela ne pouvait pas être Lily, je me suis mouchée, je me suis essuyé les yeux, je me suis traînée jusqu'à la porte et je me suis hissée pour arriver à la déverrouiller.

Natsuko se tenait devant moi, les bras chargés d'une brassée de pavots jaunes. Les pétales effleuraient les pointes de ses cheveux.

— Lucy, qu'est-ce qui se passe ? Tu es malade ?

— Ça ne va pas très fort. D'ici un jour ou deux, ça ira.

— Tu as l'air défaite. Bon sang, consulte un docteur, histoire de comprendre ce qui ne va pas. Tu as pleuré ?

— Je n'ai pas besoin de consulter un docteur. De toute façon, je ne me fie pas à eux. Aller voir un médecin quand rien ne va de travers, c'est tenter le diable.

— Dans ce cas, va rendre visite à ton amie, Lily. Elle n'est pas infirmière ? Pourquoi tu ne lui demandes pas de passer ?

Je l'ai dévisagée.

— Lucy, qu'y a-t-il ? Qu'est-il arrivé ?

J'avais envie de mettre Natsuko au courant, ou plutôt qu'elle sache, sans que j'aie à le lui révéler, car je ne pouvais supporter de m'entendre lui relater cette histoire. Faute de pouvoir recourir à la télépathie, j'ai secoué la tête.

— Cela a un rapport avec Lily. Qu'a-t-elle fait ?

— Laisse-moi, s'il te plaît.

— Très bien.

Elle a lâché un soupir, empreint de gentillesse. Aujourd'hui, sa voix sonnait irlandaise. Je ne sais pas quelles années ou quels mois de son existence elle avait passés en Irlande, mais cet accent-là n'émergeait qu'occasionnellement.

— Au travail, tu me manques. Je t'appellerai tous les jours jusqu'à ce que je sois certaine que tu ailles mieux. Oh, je t'ai apporté ces fleurs. En les voyant chez le fleuriste, j'ai trouvé leur couleur tellement incroyable que je me suis dit qu'elles allaient forcément te faire du bien. J'espère que ça marchera.

J'ai hoché la tête.

— Merci. Moi aussi.

Elle est partie. Je ne savais plus quoi faire. Je n'avais pas envie de dormir, mais je manquais d'énergie pour ressortir marcher. Les fleurs étaient solaires et épanouies. J'ai décidé de les mettre dans l'eau. Je n'avais pas de vase, car je n'avais jamais songé à m'acheter des fleurs et jamais on ne m'avait offert de bouquet. Je les ai plongées dans un seau. Ça ne leur rendait pas justice. J'ai dégoté une vieille bouteille en plastique dont j'ai découpé la partie supérieure, et que j'ai remplie d'eau. C'était déjà mieux que le seau, mais les pavots ne paraissaient plus aussi éclatants que lorsque Natsuko les tenait contre elle. J'ai ressorti un vieux morceau de papier d'emballage noir de la poubelle de la cuisine et je l'ai collé autour de la bouteille. Cela donnait un vase parfait pour les fleurs mais comme tous les rideaux étaient fermés — je ne les avais pas rouverts depuis quatre jours — la pièce paraissait défraîchie. J'ai ouvert les rideaux, puis les fenêtres. La lumière du soleil a inondé la chambre, une lumière couleur pavot.

Je me suis massé les pieds avec de la crème jusqu'à ce que la douleur se calme. Ensuite j'ai été prise de frénésie. Je suis allée sur le balcon, j'ai chargé la machine à laver de vêtements sales qui sentaient le rance et je l'ai mise en marche. J'ai récuré la baignoire, j'ai jeté les trois rouleaux vides de papier de toilette humides et détrempés qui jonchaient le sol depuis des semaines. J'ai vaporisé le miroir de produit à vitres, j'ai essuyé la poussière et les projections de dentifrice jusqu'à ce qu'il reluise. Je n'étais cependant pas encore prête à affronter mon propre reflet dans la glace, mais j'approchais de ce moment. Dans la cuisine, j'ai lavé les tasses et les assiettes, j'ai gratté les croûtes de moisissure grise de la poubelle. À quatre pattes, j'ai balayé les épais moutons de poussière derrière les rayonnages et dans les coins. J'ai nettoyé la télécommande de la télévision, touche après touche. J'ai aspergé et frotté une tache restée sur l'écran depuis des mois. Je ne l'en avais pas délogée plus tôt car elle ressemblait à la semence séchée de Teiji, et c'est pourquoi elle m'était précieuse, même si je ne voyais pas trop comment elle avait atterri sur la télévision. C'était probablement un postillon de nourriture.

La machine à laver a émis un bip. J'ai sorti mes vêtements humides et je les ai suspendus à la corde à linge. J'ai tiré mes futons de leur placard et je les ai disposés sur la rambarde du balcon pour qu'ils s'aèrent. Je les ai battus avec mon battoir à futon en plastique rose et j'ai regardé la poussière s'élever en petits nuages avant de s'évanouir. J'ai passé l'aspirateur dans tout l'appartement. Enfin, quand je n'ai plus rien trouvé d'autre à faire, je l'ai passé sur le balcon.

J'ai bu du thé et j'ai écouté Dvorak. Je suis allée chez le marchand de légumes acheter des pommes rouges et brillantes à poser sur la table à côté de mes pavots jaunes. Ensuite je me suis roulée en boule par terre et j'ai dormi, d'un sommeil plus profond, plus tranquille que celui que j'avais connu ces derniers jours.

Et puis, tôt dans la matinée, une brise légère est entrée par la porte du balcon, a traversé l'appartement pour en ressortir par la fenêtre du fond. Elle m'a réveillée doucement et je me suis redressée. Lentement, encore ensommeillée, je suis sortie et je me suis mise à décrocher mon linge.

La sonnette a retenti de nouveau. Aujourd'hui, j'avais eu Lily et Natsuko, cela pouvait-il être Teiji ? Je ne pensais pas. Je croyais déjà ne plus jamais le revoir. Mais je me suis surprise à désirer que ce soit lui. Je venais de décrocher des collants de la corde à linge et, au lieu de faire les cinq pas le long du balcon qui me séparaient de ma corbeille à linge, ou de tenter de les raccrocher, je les ai jetés par-dessus mon épaule. Il n'y avait pas de quoi en faire un plat, ce n'était pas un geste volontaire. Je les ai jetés sur mon épaule, voilà tout, en allant ouvrir la porte.

Lily se trouvait sur le palier devant moi. Elle tremblait nerveusement. Elle a porté la main à sa joue, puis elle l'a rabaissée, plusieurs fois de suite. J'ai fixé les yeux sur elle. Elle a plaidé sa cause : elle n'avait pas voulu me blesser, elle s'était simplement laissé gagner par l'excitation du week-end. En somme, elle avait agi de la sorte pour blesser Andy, enfin, il ne le saurait jamais, évidemment, mais c'était sans doute cela qu'elle avait en tête, du moins le croyait-elle. Elle n'était pas certaine que Teiji et elle aient un avenir à partager, mais si je voulais qu'on reste amies, elle renoncerait à lui. Elle irait le lui annoncer tout de suite, que c'était fini.

— Alors c'est d'accord ? On est toujours amies ?

— Non. Nous ne sommes plus amies. Au revoir.

Et j'ai refermé la porte.

Je reste confuse quant à mes sentiments du moment. Je sais qu'en moi-même, j'étais un peu désolée pour elle. Elle offrait une vision pathétique, là, debout sur le seuil, toute tremblante devant moi. Je suis certaine qu'elle était choquée par son geste, et je dois également reconnaître qu'il était courageux de sa part de venir m'affronter. Je sais que j'ai éprouvé ces sentiments-là. Mais je sais que j'étais aussi écœurée, et de nouveau en colère. Elle renoncerait à Teiji si nous pouvions rester amies, mais sinon ? L'entendre prononcer le nom de Teiji m'a ramenée en arrière, dans cette gare de Tokyo, à l'instant où j'avais crié, à leur façon de se tourner vers moi. Ma pitié à son égard s'est évanouie. Je la haïssais, de m'avoir volé mon amant et de m'avoir abandonnée, moi son amie. Je suis restée derrière la porte à me demander pourquoi je l'avais laissée si facilement filer. Ma colère a crû jusqu'à déborder en un hurlement de rage. J'ignore quels mots j'ai beuglés à mes quatre murs, mais au bout de quelques secondes, j'ai entendu l'aspirateur de ma voisine couvrir ma voix.

Je suis descendue dans la rue pour retrouver Lucy. Elle n'était partie que depuis deux ou trois minutes, mais elle n'était déjà plus visible. J'ai cru entendre un discret éclat de rire, mais je n'ai rien vu et le bruit a cessé aussitôt. J'ai un peu poursuivi mon chemin en direction de la gare. J'avais les yeux grands ouverts, aussi grands que possible, et je m'en servais comme de projecteurs, les braquant d'un côté de la rue puis de l'autre, éclairant le moindre coin, le moindre recoin. Mes muscles étaient douloureux, mais je m'interdisais de cligner des yeux ou de plisser les paupières fût-ce une seconde, pas tant que je ne l'aurais pas retrouvée. Je suis arrivée à la gare mais elle n'y était pas. Je suis retournée sur mes pas. C'était étrange. Même en courant jusque là-bas, elle n'aurait pas eu le temps d'arriver, de s'acheter un ticket et de monter dans le train. C'était une longue rue rectiligne et je l'aurais aperçue devant moi. Deux ou trois voitures sont passées en vitesse et ensuite le monde est redevenu silencieux. Je n'ai rien entendu d'autre que mes pas sur le trottoir.

Je ne le nie pas. J'avais envie de la tuer. J'avais envie de lui tordre le cou et de la rouer de coups de pied jusqu'à ce qu'elle cesse de bouger. J'avais envie qu'elle sache quelle somme de douleur je pouvais lui infliger en réponse à sa trahison. Mais je n'avais pas envie de la poignarder. Je n'avais pas envie de la démembrer et de la décapiter, de disperser les morceaux de son corps dans la baie de Tokyo. Cela ne m'avait même jamais traversé l'esprit.

13.

Les policiers sont de retour. Il y en a un nouveau. Il est plus vieux, plus grand, il a l'air dur. Le nom inscrit sur son insigne, c'est Suzuki (glockenspiel).

— Nous enquêtons sur le meurtre d'une jeune femme innocente.

Pas si innocente.

— Je sais, mais ce n'est pas moi. Jamais je n'aurais pu faire ça à Lily.

— Vous savez ce qui est étrange, chez vous ?

J'ai soutenu son regard. *Continuez.*

— C'est intéressant. En temps normal, quand un cadavre se présente, les amis et la famille de la victime ont tendance à croire que ça ne peut pas être le corps de leur bien-aimé. Tant qu'une identification formelle n'aura pas lieu, ils n'accepteront pas ce qui paraîtra évident aux yeux de n'importe qui d'autre. Et parfois même ils ne l'acceptent pas. Dans votre cas, pourtant, il semble que vous acceptiez volontiers l'idée que le corps que l'on a retrouvé dans la baie de Tokyo appartenait bien à votre amie, Lily Bridges. Étrange.

Je ne comprends pas son propos.

— Le corps n'était pas celui de Lily ?

— Non, ce n'était pas le sien. Et pourtant vous en étiez si sûre.

Il ignore le contenu de mon casier judiciaire, le nombre de cadavres que j'ai éparpillés au cours de mon existence, et le fait que ce corps supplémentaire porté à mon actif avait quelque chose d'assez naturel, voire d'inévitable. Quand j'ai lu les journaux, je n'avais pas été surprise. Dès que son patron avait signalé sa disparition, j'avais compris que Lily était morte. Pourtant, je n'en fais pas état. Cela pourrait être utilisé comme une preuve contre moi. Reconnue coupable. La tueuse en série accidentelle. La tueuse accidentelle en série.

— Alors c'était le corps de qui ?

— Nous l'ignorons. Il n'est pas identifiable. Les journaux se sont un peu emballés en supposant qu'il s'agissait de Lily Bridges. Naturellement, cela vous arrange de le croire. Vous n'auriez pas pu découper un corps entier en morceaux dans un autre quartier de Tokyo en si peu de temps, cette déduction est à la portée de n'importe qui.

— Non seulement ça, mais je n'en avais aucune envie.

— Ah oui mais voyez-vous, le corps de votre amie a bel et bien été retrouvé la nuit dernière, dans un hangar désaffecté derrière la raffinerie de pétrole, juste à deux ou trois minutes de votre domicile.

Je commençais à saisir où il voulait en venir.

— Elle a été étranglée.

Qu'est-ce que c'est que cette puanteur autour de moi ? Est-ce la chair en décomposition de ces morceaux de cadavre sectionnés que l'on a retrouvés dans la baie ? Est-ce l'odeur du hangar, dans l'ombre portée de ma maison, là où l'on a enfermé le corps de Lily ? Non, c'est l'odeur de mes propres vomissures.

Les policiers sont trop professionnels pour que cet incident désamorce leurs regards furieux. Je lève mes yeux liquides dans une mimique d'excuse, mais cela ne s'arrête pas là. Mon ami — l'ami au verre d'eau — me tend une corbeille à papier en métal juste à temps et retire prestement son bras, mais pas assez vite pour s'éviter d'être un peu éclaboussé.

Et je me suis vidée.

14.

— Et ce n'est pas tout.

J'avais espéré le contraire.

— On nous a mis au courant de votre relation avec Matsuda-san.

— Je ne connais personne du nom de Matsuda.

— Ne mentez pas. Matsuda Teiji. Le type bizarre qui travaille dans ce restaurant de nouilles. Son oncle nous a indiqué qu'il était à Hokkaido, maintenant.

L'oncle de Teiji. Soutaro. Le seul lien qui subsiste entre Lucy et Teiji. Elle s'est rembrunie et elle a repensé à toute cette histoire, à ce qu'elle en savait.

Soutaro était né dans le nord de Tokyo et il avait grandi là-bas, juste en bordure de la ligne Yamanote. Dans son enfance d'avant-guerre, cela signifiait qu'il se sentait presque provincial. Maintenant la ville s'était étendue au point que son adresse était devenue nettement citadine. Il était fier d'être de Tokyo. Les gens d'Osaka parlaient trop fort et ceux de Nagoya étaient des parvenus qui dépensaient trop d'argent. Tokyo, c'était le cœur du Japon.

Pendant la guerre, Soutaro avait été évacué vers les montagnes de Gunma et avait échappé aux bombes incendiaires lâchées sur Tokyo, qui avaient anéanti la quasi-totalité de sa famille. Seuls son père et sa sœur cadette avaient survécu. Il était revenu à Tokyo déterminé à prendre part à la reconstruction. Son père et lui s'étaient mis au travail et avaient ouvert un petit restaurant dans le quartier de Takadanobaba, où l'on servait des nouilles. Soutaro était fier de travailler là, de servir à des citadins, ses congénères, le plat le plus élémentaire qui soit.

Sa sœur s'était mariée et elle était partie s'installer à Kyushu. Dix-neuf ans plus tard — qui avaient paru dix-neuf mois à Soutaro —, elle était revenue. Elle avait amené avec elle son fluet de fils, qui donnait l'impression qu'il ne serait jamais bon à rien.

Soutaro devait s'apercevoir de son erreur. Ce neveu étrange et sombre, sujet à des crises de rire aussi soudaines qu'énergiques, travaillait dur et prenait des forces. Il paraissait content de lessiver les sols, de jeter les déchets, de rédiger les commandes d'ingrédients. Il travaillait toute la journée et ensuite, le soir, il partait à l'aventure, Dieu sait où. À la mort de la sœur de Soutaro, il ne faisait aucun doute que son fils devait continuer de travailler là. Soutaro ne s'était jamais marié et il appréciait l'idée qu'à sa mort son enseigne appartiendrait au fils de sa sœur. Mais à partir de là, ce garçon était devenu un sujet de préoccupation. Que fabriquait-il avec son appareil photo toute la journée ? Pourquoi n'avait-il aucun ami, en dehors de cette fille maussade, cette étrangère ? Soutaro était tout près de parler à Teiji, de lui suggérer qu'il était temps de se marier (et pas à une étrangère), quand des événements curieux étaient survenus. Teiji était parti en week-end, dans l'île de Sado. À son retour, il semblait instable, nerveux. Deux semaines après, il avait laissé un mot sur le comptoir du restaurant, maintenu sous une bobine de film. Il partait dans le nord, à Hokkaido, tenter sa chance.

Sans Teiji, Soutaro était incapable de continuer. Il avait le dos malade et il n'était pas loin de la retraite.

Il avait fait développer le film, espérant que Teiji lui avait livré un indice, mais les images étaient d'étranges clichés de plages désertes, de rails sans trains, d'immeubles bardés de planches, de poubelles abandonnées. Le vide. Il les avait examinées sous tous les angles, retournées à l'envers. Il avait chaussé des lunettes en 3-D offertes en encart dans un magazine sur les animaux sauvages et de nouveau il avait étudié chaque photo. Au bout du compte, il les avait jetées, et puis il avait vendu son enseigne à un inconnu. Dans son appartement, il dessinait des fleurs et des oiseaux sur des fonds de sites désertiques. Il savait qu'il ne reverrait plus jamais Teiji.

Matsuda Teiji. Teiji Matsuda? Comment m'étais-je débrouillée pour ignorer son nom de famille? Dans un pays où les noms de famille sont plus usités que les prénoms, je suis choquée d'avoir, je ne sais trop comment, éludé celui de Teiji. J'ai dû le voir sur une enveloppe, ou quelque part dans son appartement, ou entendre un client, un habitué, l'interpeller par son nom de famille. Mais non, jamais. Et à présent, davantage encore que lorsque je l'avais surpris à la gare avec Lily. J'ai le sentiment de l'avoir à peine connu, qu'il m'a dupée et qu'il s'est dérobé à moi.

— Oui, je le connaissais.

— Vous avez été sa petite amie. Et vous savez quoi? Il vous a quittée pour votre amie, Lily Bridges. Vous étiez si bouleversée que vous n'êtes pas allée travailler pendant plus d'une semaine.

Natsuko avait dû leur parler. Ou même Bob. Avant de venir rendre visite à Lucy, Lily avait pu recueillir son avis. Elle avait pu lui raconter ce qu'elle avait fait avec Teiji. Mais cela ne sert à rien d'accuser les amis. Il est également possible que ma voisine soit parvenue à cette information par déduction, et qu'elle la leur ait fournie.

Je me sens vaseuse, comme sur l'île de Sado, avant de m'évanouir au sommet de la falaise. Je porte les mains à mon visage. Je pose les coudes sur mes genoux, je me tiens le menton à deux mains. La pièce est étouffante. Mon jean me colle aux jambes, à cause de la sueur et de la nausée. Quelqu'un me tend un bol d'eau froide et un torchon. Je me passe ce torchon humide sur les bras et les jambes, je le tords dans le bol, je l'essore pour en extraire des gouttes brunâtres. Je repose le torchon dans le bol. Il flotte et danse à la surface. Je me sens plus propre, plus fraîche.

Maintenant ma bouche bouge, elle parle, elle parle alors que ma langue me fait l'effet d'être comme anesthésiée, et moi celui d'être fin saoule. Je leur raconte ce qu'ils ont envie d'entendre. Mon récit coule avec la plus grande facilité, comme de lui-même. D'abord, c'est ma jalousie insensée à l'égard de Lily, suivie par cette rage aveugle qui menaçait de consumer mon existence comme un incendie lorsqu'elle m'avait trahie. Ensuite, je leur expose en détail mon amour obsessionnel pour Teiji, un amour qui m'a empêchée de croire que c'était fini, qu'il ne voulait plus de moi. Et enfin, ces collants qui se sont révélés une arme si opportune, et comment j'avais pris Lily par surprise car elle voulait encore me croire son amie et du coup elle m'avait même souri. Conclusion : le cri de surprise de Lily, un glapissement, sa brève et médiocre tentative de résistance. Son corps lourd et sans vie, encore chaud, lorsque je l'ai traîné jusqu'à cette cachette. Je leur ai raconté cette histoire longue et sans détours et, finalement, ils sont contents de moi.

Un homme me conduit au bout du couloir. L'endroit me semble différent de ce que j'ai vu quelques heures auparavant. Les murs sont sales. Sous mes pieds, le sol est glissant. Ici, il n'y a pas d'éclairages fluorescents, rien que des ampoules isolées suspendues par intervalles au plafond. Je ferme les yeux mais les ampoules m'éblouissent encore, l'une après l'autre.

Non, je n'ai pas tué Lily. Lucy est innocente de ce meurtre et coupable uniquement d'avoir échafaudé une fable. Mais aussi elle est très fatiguée. Tant de gens sont passés entre mes doigts d'empotée, comme des balles de base-ball sur un terrain en été, que je ne me fie plus à moi-même. Il est vain de lutter contre mon arrestation, sachant que je pourrais tuer à nouveau. J'aimerais passer un peu de temps à l'écart du soleil, une pause. Et après tout, jusqu'à quel point suis-je innocente? Coupable? Si j'avais laissé Lily me parler au téléphone, elle ne se serait pas trouvée dans ma rue ce soir-là. C'était moi qui avais présenté Lily à Teiji et qui l'avais convaincue de ne pas repartir en Angleterre quand elle en avait manifesté l'envie. L'accusé doit choisir son mode de plaidoirie. Et voici ma défense. La vérité se fera peut-être jour lors du procès, mais pour l'heure c'est moi qui vais être la meurtrière.

Je m'aperçois que je ne porte pas mes propres vêtements mais une tenue légère en coton. J'imagine que quelqu'un m'a demandé de me changer, m'a autorisée à prendre une douche. Je ne m'en souviens pas. Je me sens comme si j'avais dormi, mais je ne sais pas combien de temps il s'est écoulé, une heure ou une nuit, si nous sommes le même jour ou le lendemain.

Une voix masculine et neutre m'informe que l'on me conduit dans une pièce où m'attend un visiteur. Je me demande qui est venu me voir.

Pourrait-ce être Teiji? Teiji pourvu d'un patronyme complet dont il ne m'a jamais rien dit. Lui qui m'a abandonnée pour me préférer mon amie, pourquoi m'as-tu infligé ça, Teiji? C'est la seule question que je lui poserai. Si c'est toi, en effet, mon visiteur. Et la réponse que j'espère est impossible, tu vois, car c'est une réponse qui nous permet d'oublier Lily, de revenir au temps que nous vivions avant de l'introduire. Et j'ai l'impression de te voir par la porte entrouverte, mais déjà tu disparais dans le néant, de même que ta voix s'est évanouie alors qu'elle était tout ce que j'avais envie d'entendre. J'aurais préféré que tu ne partes pas. Mais enfin, tu es parti et mon cœur se serre. Non. À quoi pense Lucy ? Je sais que mon visiteur ne peut être Teiji car il est à Hokkaido. Il n'a aucune raison de venir ici et la police ne le retrouvera jamais ni dans la ville ni dans les montagnes. Il a déjà disparu dans des ténèbres ineffables.

Donc ce doit être Miriam, qui s'est lassée de m'attendre au bord de la mer et veut avoir une vraie fille qui veille sur elle et lui fasse la cuisine, pas Felicity, et tout en pensant à elle je me demande comment elle aurait pu venir à Tokyo alors qu'elle arrive à peine à sortir de chez elle, avec sa douleur si pénible qu'elle reste assise toute la journée dans le même fauteuil, et donc c'est impossible alors je pense que ça pourrait être Jonathan, à la place, il a bien été policier, jadis, et il est venu me ramener à la maison. Maintenant je cligne des yeux, car ils sont tout salés et j'entends presque la mer, et je discerne sa silhouette par la porte entrouverte, là devant moi, mais aussi, comme saurai-je s'il s'agit ou non de Jonathan ? Je ne l'ai pas revu depuis mes quinze, mes seize, mes dix-sept ans, au moins. Mais il est là, et Miriam derrière lui, l'air si vieille et si défaite à présent, elle me dévisage de ses yeux tristes, et je vois mes frères : Luke, Nathan, Samuel, Simon, Matthew, ils sourient à Lucy mais sans la moindre trace de cruauté, et elle les voit très changés, pas comme une bande de jeunots railleurs en uniformes de boy-scout, mais comme des petits garçons heureux, en bonne santé, aux yeux brillants. Ils sont petits, et charmants. Je suis contente de les voir mais s'ils sont revenus pour me remmener avec eux, je vais être forcée de les décevoir, pauvres enfants. Ils ne parlent pas japonais, j'en suis certaine, et c'est désormais la moitié de ma langue, plus que la moitié.

Mais ils se fondent en une myriade de points et s'évanouissent. Ce n'est pas Jonathan, et aucun de mes frères non plus. C'est Lizzie avec son trombone, ses cheveux gras et ses maladies. Elle est venue jouer de la musique et elle veut que je reparte avec elle travailler à la BBC. Naturellement, je vais lui dire que jamais je n'en serais capable, car je n'ai plus regardé la télévision anglaise depuis au moins dix ans et je ne saurais pas comment m'y prendre pour occuper ce poste. Et puis je n'ai pas revu mon violoncelle depuis la mort de Mme Yamamoto, et les instruments de musique ça coûte très cher, Miriam et George me l'ont toujours répété. Lizzie, je suis désolée de te dire que ça me sera impossible de jouer avec toi.

La voix de Lizzie me signale que ce n'est pas elle, c'est Brian Church, et il me dit, non pas du tout. Mais je m'égare et je commets des erreurs. Je dois garder cette idée bien en tête. Je ne suis pas encore morte. Noah, Brian, George, Mme Yamamoto, Lily. Ils vont devoir attendre. Je suis encore en vie. *Oui.*

Je suis debout sur le seuil, je me force à me raccrocher quelque part car je sais que je n'ai pas perdu l'esprit, j'en suis certaine. Je compte jusqu'à dix, cinq fois, dix fois, vingt fois. J'attends un peu plus longtemps pour être sûre. Et ensuite je suis prête. Je force mon cerveau à penser logiquement. Ce qu'il fait. Ma pensée logique, c'est que le visiteur en question ne peut être que Natsuko ou Bob.

J'entre dans la pièce. Je ne sens plus mes jambes. C'est comme si j'étais transportée par des castors. Une personne est assise devant la fenêtre, face à moi. Le soleil brille à travers la vitre et mes yeux ne sont pas accoutumés à la lumière naturelle. Je n'arrive pas à distinguer les traits de ce visage, mais je suis certaine de ne pas connaître cette silhouette.

— Bonjour, Lucy. Tu te souviens de moi ?

Je jure que non. Je plisse les paupières. Parle-t-elle anglais ou japonais ? Je comprends ses paroles mais je ne sais pas à quelle langue elles appartiennent.

— Tu n'as pas l'air bien. Nous allons te sortir de cet endroit et alors tout ira pour le mieux.

Elle a un petit rire et elle cligne des yeux. C'est Mme Katoh, la violoniste alto.

J'imagine qu'elle est venue m'accuser, et donc je me lance dans une défense agitée.

— Je n'avais pas l'intention de tuer Mme Yamamoto. Vraiment. C'était un accident. J'ai simplement rangé le violoncelle à un autre endroit que d'habitude et je ne sais pas pourquoi, mais je ne savais pas qu'elle allait basculer par-dessus. Je suis désolée...

— De quoi parles-tu ?

Elle rit de nouveau, le tintement d'un verre.

— Elle nous manque terriblement, à toutes, mais tu ne peux pas négliger le fait que Mme Yamamoto a toujours été une sacrée maladroite. Elle le reconnaissait elle-même. Je savais qu'un jour elle aurait un accident. Je le lui avais toujours dit.

— Elle était maladroite ?

Je tâche de me souvenir si c'était vrai, mais je n'arrive même pas à me représenter le visage de Mme Yamamoto.

— Mais oui. Enfin, ce n'est pas la raison de ma présence ici.

Elle me regarde dans les yeux, s'exprime lentement.

— Je voulais te voir. J'ai lu beaucoup de sottises dans les journaux. J'espère que tu n'y prêtes pas garde. Je veux que tu saches que je vais régler cette histoire et bientôt tu seras libre.

— Mais je n'ai pas envie d'être libre.
— Et pourquoi cela?
— Je n'ai nulle part où aller. Je tourne en rond dans Tokyo.
— Eh bien, alors, il faut rentrer chez toi, en Angleterre.
— Je n'ai rien à faire là-bas. Rien que des fantômes. Ce n'est pas chez moi, tu sais.
— En ce cas, il faut venir t'installer chez moi, ici, à Tokyo. Cela ne rime probablement à rien de retourner dans ton appartement solitaire, avec cette voisine méprisable et toutes ces voitures bruyantes.
Elle s'est interrompue.
— En plus, ça doit sentir une terrible odeur d'essence.
— Très bien.
Je dis ça pour lui faire plaisir, car j'espère encore ma condamnation pour meurtre.

Les espoirs de Mme Katoh se sont réalisés, et pas ceux de Lucy. Une journée s'est écoulée et j'ai appris que j'allais être libérée sans aucune inculpation. On n'avait retenu contre moi que des preuves indirectes et la police avait été incapable de trouver la moindre empreinte digitale, le moindre échantillon d'ADN sur le corps de Lily. Qui plus est, on avait exhumé un nouvel indice.

Après la parution la veille dans la presse nationale de certaines précisions me concernant, la police avait reçu une enveloppe. Elle contenait deux photographies. La première montrait Lily dans un MacDonald's non loin de chez moi. L'enquête a révélé qu'elle avait été prise la nuit du meurtre, deux heures après qu'on l'avait vue devant ma porte d'entrée. Le caissier qui l'avait reconnue sur la photo se rappelait qu'elle et son ami japonais rencontraient quelques petits soucis de communication. Tous deux semblaient en grand désarroi. Elle avait laissé son cheeseburger intact, mais elle avait bu son Coca.

Elle était probablement morte plus tard ce soir-là. Pour la police, une chose est claire. La petite équipée de Lucy dans la soirée, ses collants sur l'épaule, était sans rapport avec la mort de Lily. Je n'étais sortie qu'une dizaine de minutes environ. Et ma voisine avait précisé qu'elle ne m'avait pas entendue ressortir cette nuit-là.

La seconde photographie était tout à fait différente. C'était l'image d'une femme aplatie entre des murs marron, la tête pendant sur le côté, comme si elle n'avait plus la force de la tenir droite, les yeux noirs et vides, comme deux prunes bien dodues.

Aucune des deux photos n'a révélé d'empreintes digitales. La police ne sait pas que Teiji a pris ces photos, mais moi si. Et ces images ne prouvent pas que Teiji ait tué Lily. Mais elles montrent que Lucy ne l'a pas tuée.

Teiji. Pourquoi attendais-tu Lily au MacDonald's et que t'a-t-elle dit ? Que c'était fini parce qu'elle voulait être mon amie ? Alors peut-être as-tu compris ton erreur — tu nous avais perdues toutes les deux — et tu avais cru pouvoir revenir vers Lucy, simplement si Lily n'était plus là. Était-ce une raison suffisante pour la tuer ? Je ne crois pas. Le meurtre avec préméditation serait-il un de tes passe-temps, comme de prendre des photos ? À moins que tout ça ne fasse partie du seul et même passe-temps, une scène à photographier, pour ta collection, à conserver. Maintenant, plus que jamais, je me demande ce qu'il est advenu de Sachi. Il semble que Lucy ait enfin rencontré son double en matière de meurtre. Mais enfin, la preuve demeure indirecte. Je devrais me garder des jugements trop hâtifs, moi plus que toute autre.

15.

Je suis allongée sur le balcon, chez Mme Katoh. En général, au Japon, les balcons sont réservés au linge davantage qu'aux gens, mais j'aime bien être là. Je peux voir au travers de la balustrade. Il y a un petit parc avec des buissons et des arbres. Il y a une aire de jeux pour les enfants avec un toboggan et des balançoires, mais sans enfants, sans personne. Derrière ce parc, il y a la gare.

Mme Katoh est dans la cuisine, en train de préparer le dîner. Je sens l'odeur du poisson et du gingembre frits. Nous avons invité Natsuko et Bob à dîner, et ils vont bientôt arriver. Il s'est écoulé pas mal de temps depuis la dernière fois que je les ai vus, mais quand nous nous sommes parlé au téléphone ils semblaient contents et amicaux. Bob m'a dit qu'il avait enregistré quelques chansons et qu'il se produisait dans des clubs un peu partout dans Tokyo. Sa carrière musicale se développe bien. Natsuko a repris mes traductions les plus importantes et tous nos clients sont ravis. Je pourrai retourner travailler dès que je serai prête. Bob et Natsuko savent que je suis innocente. Les explications, les excuses sont inutiles. Nous sommes amis et manger, boire ensemble, voilà qui suffira pour aujourd'hui.

J'écris à Jonathan. Cela a commencé par une carte postale, mais c'est devenu une lettre. Je découvre que j'ai des choses à lui dire. J'écris au sujet de mon travail, et puis à propos du camélia de Natsuko, car je sais qu'il comprendra à quel point il était beau, et je lui raconte une histoire drôle, mon arrestation par erreur, sous une accusation de meurtre. Si je reçois une jolie réponse, il n'est pas impossible que j'aille le voir dans le Yorkshire pour Noël, quelques jours. Les parents de Lily n'habitent qu'à une vingtaine de kilomètres de là. J'imagine qu'ils apprécieraient la visite de quelqu'un qui l'a connue, au Japon. Ensuite je reviendrai à Tokyo, chez Mme Katoh, car sa maison est suffisamment grande pour deux, dit-elle. Et elle n'ajoute pas, mais je le sais, qu'elle aime bien veiller sur moi elle aussi, être aux petits soins et cuisiner pour moi, me faire couler le bain tous les soirs, exactement à la bonne température, et me sortir une serviette propre.

Je lâche mon crayon et je tourne les yeux vers la gare. C'est bon de regarder les gens embarquer à bord des trains, tout un quai bondé se change en quai vide, en l'espace de quelques secondes. Le train les emmène. Une nouvelle foule se déverse par les portillons et le quai se remplit de nouveau, apparemment des mêmes vêtements, des mêmes corps, et des mêmes visages. J'aime bien écouter les annonces, cet avertissement touchant selon lequel se précipiter dans les trains est dangereux, il faut veiller à rester en deçà de la ligne jaune car un train à l'approche est aussi un train dangereux.

L'autre matin, nous avions un exercice en cas de tremblement de terre. Tout s'est déroulé dans le calme et dans l'ordre, et l'exercice a été jugé comme une réussite par les autorités municipales. Naturellement, on ne sait jamais quand frappera le grand séisme, mais il y a quelques petites précautions à prendre pour accroître ses chances de survie. Les tremblements de terre me rendent encore nerveuse, mais moins qu'auparavant. Et c'est l'autre raison pour laquelle j'aime bien être près de la gare. Les trains passent dans notre rue avec un fracas métallique qui fait trembler les immeubles avec une telle force qu'il est facile de manquer les autres mouvements de la terre, ceux qui naissent sous la croûte terrestre.

Mme Katoh m'appelle pour me prévenir que Natsuko et Bob sont arrivés. J'entends leurs éclats de voix dans le vestibule. Je me lève et je m'étire les jambes. Un train quitte le quai, passe devant les maisons et les immeubles d'habitation, s'éloigne en trombe. Le balcon tremble et je pose la main sur la balustrade. Il y a quelque part dans le ciel un bruit que je ne parviens pas à identifier, mais qui me rappelle celui de mon ancien appartement, et avant que j'aie pu écouter attentivement pour savoir s'il s'agit de l'oiseau qui chante quand la terre tremble, un autre train roule à grand fracas en direction de la gare. Je frissonne, je me fais la remarque que l'oiseau de la terre qui tremble ne venait que la nuit, et donc il doit s'agir d'autre chose. Mais le bruit amène avec lui l'image de Lily, recroquevillée sous ma table à la lumière du réverbère, et une autre image de son corps tout voûté, sous ce hangar. Je me souviens de cette femme dont je ne saurai jamais le nom, les morceaux de son corps dispersés au fond de la baie. Et puis je pense à Sachi. Je vous en prie, non. Le bruit, ou simplement son écho, est encore dans mes oreilles. Je regarde le ciel lourd qui a viré au gris, mais il n'y a pas d'oiseaux.

Suit un moment de silence. Et puis un bruissement dans les arbres, comme si quelque chose s'approchait de la maison en catimini. Ma peau devient toute froide. Je suis absolument immobile. Je me dis que c'est le chien des voisins, mais je sais que les chiens ne se faufilent pas. J'ai la bouche sèche. Et puis je l'entends. Le déclic inimitable d'un appareil photo. Le ronronnement qui suit quand le film défile pour la prise de vue suivante. Je cherche Teiji autour de moi, mais je ne vois que les arbres et les taillis. Je tends l'oreille au bruit de ses pas, mais à présent le déclic me semble se répercuter tranquillement dans le parc, dans toutes les directions, et je ne sais pas de quel côté me tourner. Je tends la main, je sens la pluie, de petites gouttes d'eau qui atterrissent une par une sur ma peau, sur les feuilles, sur la balustrade. *Potsu potsu*, elle tombe, se fait plus nourrie, comme des perles de glace. Je me tourne pour rentrer dans la maison, mais je sais que Teiji m'attend là dehors, et j'espère que la chaleur de cette maison et de mes amis proches suffira à me protéger, à l'intérieur. Je l'espère de tout mon cœur, et pourtant.

Cela promet d'être difficile.

La loi du silence

Une profonde affection
Frances Fyfield

Voilà vingt ans que Henry Evans a laissé s'échapper Francesca Chisholm, l'amour de sa vie, et qu'elle hante toujours ses pensées. Comme il s'apprête à commencer un nouveau travail en Angleterre, il profite de l'occasion pour la rechercher. Il fait alors la rencontre de Maggie, la cousine de Francesca, qui lui apprend une effroyable nouvelle : Fran est en prison, condamnée pour le meurtre – revendiqué – de son fils hémiplégique. Henry décide alors de mener son enquête, mais il n'est pas au bout de ses surprises...

(Pocket n° 11887)

Quand le passé resurgit...

Vie et mort de Miss Faithfull

Sandra Scoppettone

New York, années 30. Starr Faithfull a vingt ans, elle est belle, fortunée... mais alcoolique, droguée et croqueuse d'hommes. Elle est un jour retrouvée morte sur une plage, des barbituriques dans l'estomac. Cela aurait-il un rapport avec son cousin qui, à l'époque, abusait d'elle, avant de devenir aujourd'hui le très influent maire de Boston ? L'affaire fait grand bruit, et la police piétine... Une captivante enquête policière, en forme de flash-back.

(Pocket n° 12175)

Quand la presse [illegible]…

Vie et mort de Miss [illegible]

[illegible]

[illegible]

www.pocket.fr
Le site qui se lit comme un bon livre
POCKET
Informer
Toute l'actualité de Pocket, les dernières parutions collection par collection, les auteurs, des articles, des interviews, des exclusivités.
Découvrir
Des 1ers chapitres et extraits à lire.
Choisissez vos livres selon vos envies :
thriller, policier, roman, terroir, science-fiction...
POCKET
Il y a toujours un Pocket à découvrir sur www.pocket.fr

Achevé d'imprimer sur les presses de

BUSSIÈRE

GROUPE CPI

à Saint-Amand-Montrond (Cher)
en novembre 2004

POCKET - 12, avenue d'Italie - 75627 Paris Cedex 13
Tél. : 01-44-16-05-00

— N° d'imp. : 45278. —
Dépôt légal : décembre 2004.

Imprimé en France